Arcanes Pourpres

Arcanes Pourpres

ÉROTISME INFORMATIQUE

roman

Ève Winter

REGENT PRESS
BERKELEY, CALIFORNIA

Cover Photo by Ève Winter

Book and Cover Design by Mark Weiman

MANUFACTURED IN THE U.S.A.
REGENT PRESS
Berkeley, CA 94705
www.regentpress.net
regentpress@mindspring.com

"À propos de chaque désir, il faut se poser cette
question: quel avantage en résultera-t-il
si je ne le satisfais pas?"

-- *Épicure*

"À toutes ces cités qui me furent nouvelles de
découvertes et de bonheurs partagés."

-- *Ève Winter*

Table of Contents

Juillet flou

MIAULEMENT AIGU, la voiture de police l'imitait au mieux. Nuit. Lit à peine désordonné, rêves fugaces et insensés. Nuit décousue, sommeil hirsute. Tout petit matin. Sonnerie intruse et dérangeante.

— Hello.
— Lilou, c'est Meg. Au secours, à l'aide, tu fais quoi ce matin?
Flou ambiant... Meg... Des mois sans nouvelles et à 7 du mat en ce lundi début juillet elle klaxonne! Amitié sans borne.
— Salut Meg! Qu'est-ce-qui t'arrive?
— Je peux pas, je peux pas, je peux pas et ils débarquent à 11 heures ce matin.
Du Meg tout craché, tout est désorganisé, ses vêtements, sa pensée, son apart, sa vie bref, mais un cœur à accueillir la terre entière.
— OK. Tu peux pas quoi? Qui débarque ce matin et où?
Lilou la structure faite femme, l'antipode de Meg.
— Je suis dans la maison coquillage, ils viennent pour filmer et le ménage tu sais bien...
— J'ai compris, je m'habille et je t'aide. Ne t'inquiète pas tout ira bien!
— Merci Lilou à tout de suite!
— Attends! Rappelle-moi juste l'adresse...

Vingt ans plus tôt un architecte illuminé et avant-gardiste

avait conçu une habitation des plus originales. En forme de coquillage et ayant pour thématique l'espace marin, tout n'y était que volutes et courbes afin d'en garantir une solidité et une résistance parfaites en cas de caprices terrestres majeurs. Lilou y fut conviée quelques années auparavant, les propriétaires étant des amis que Meg et elle avaient en commun. Elle en avait apprécié l'originalité mais n'était pas bien sûre d'aimer y vivre.

Un caleçon noir, une tunique à carreaux gris clair et gris foncé, maquillage très voyant mais gracieux, chaussures mauves cuir vernis à talons compensés dix centimètres. Lilou était grande, bien faite et assez jolie, elle avait beaucoup de charme et beaucoup de goût et savait mettre en valeur ce qui méritait de l'être, c'était également une amie véritable, de celle sur qui l'on peut compter en cas de coups durs.

Porte d'entrée grillagée mauve... assortie aux chaussures. Meg, l'œil affolé, le cheveu désobéissant, un balai de sorcière à la main, une serpillière sur l'épaule.

Dès le seuil franchi, Lilou ressentit un violent malaise, la maison avec tous ses coins et ses recoins circulaires, ses spirales et ses serpentins après une mauvaise nuit n'était pas paradisiaque à ses yeux. Elle dut reprendre haleine au dehors, au bord de l'évanouissement.

Prise de conscience de la tâche à accomplir, Meg déployait une activité puissance 10 000 pour un résultat de 3%. Essence même du non-sens de l'organisation.

Sans trop vouloir lui dire ce qu'il eut fallu qu'elle fasse afin d'être efficiente, Lilou au bout d'une demi-heure de patience impétueuse lui prit l'aspirateur des mains, puis le balai, puis le chiffon à poussière, puis les éponges et au bout de deux heures et demie: place nette, du moins en apparence car la maison regorgeait d'objets hétéroclites, de bibelots, de petits bazars indisciplinés: nécessaire à couture sur le chemin de bois tout rond qui courait autour du canapé complètement circulaire itou, télécommande solitaire, cassette vidéo, règles et crayons de couleurs, clefs orphelines etc etc etc... Jamais Lilou ne se ferait à un tel environnement.

— Lilou, je te laisse, ils arrivent dans vingt minutes pour filmer, tu les accueilles, tu les reçois, moi je disparais, bye.
Quoi? C'était prévu au programme ça? Encore du Meg. La galère... Mais une certaine excitation, début de vacances un peu trop vide... Si j'avais su, j'aurais amené des fringues de rechange.
Un coup d'œil dans le miroir rond auréolé d'étoiles de mer et de bernard-l'hermite. Du rose aux joues mais dans l'ensemble pas trop mal après deux heures de ménage pour le moins intenses.

Voiture blanche en face garée. Quatre portières qui claquent l'une après l'autre, cœur un peu rapide mais mission à accomplir alors sourire, allant et bonne humeur.
Ils sont quatre affublés d'encombrant matériel pour filmer. Quatre hommes qu'elle accueille dans une maison qu'elle vient de finir de nettoyer mais qu'elle connaît peu. Elle ouvre la porte mauve.
Il est grand, a un visage plutôt sympa, il porte des pataugas blanches et un pantalon clair à la main. Très vite connivence, deux phrases avec "vous" et puis le reste avec "tu" car ils s'apprécient d'emblée. La génération date un peu, mais le vocabulaire est d'actualité et l'allure générale fraîche et enjouée. Il est pas mal et il la trouve à son goût, elle le sait, elle le sent, elle a l'habitude.
Il doit changer de "futal" a-t-il dit alors que son regard s'égarait dans l'insolite qui caractérisait la maison. Toilettes rotonde sur la droite, plutôt épique le changement de pantalon car la

rondeur revêt le paradoxe d'être étroite.

Il est plus jeune, plus petit et le boubou bleu qu'il porte dissimule mal une complétude épanouie. Il a aussi l'œil qui pétille sous une casquette à visière et les mains encombrées d'une imposante caméra. Lui c'est Théo.

Il est très jeune, joli garçon, yeux clairs et à l'évidence est l'assistant. Il s'est présenté: Bryan. Il se montre docile et avide de bien faire.

Il porte les cheveux longs, a le sourire maladroit mais une gentillesse exultante, beaucoup de douceur dans les yeux. Il traîne avec lui tout un réseau de fils et une technologie qui échappe à Lilou. Il doit tout installer partout dans la maison avec l'assistant Bryan. Il est d'une gaucherie touchante. Lui c'est Seb.

Alors le travail commence. Filmer l'extérieur en premier lieu, ils disparaissent tous, elle est seule au milieu de ce que l'on appellerait communément le salon; en l'occurrence... évidemment... rond du sol au plafond, dôme parabole qui laisse la lumière s'épancher. La tête levée, elle regarde le soleil qui filtre au travers des câbles-filins tendus entre le plafond et la rampe de la pente douce spiralique qui grimpe à l'étage. Des escaliers!? Trop carrés. Ne rien faire de ce qui a déjà été fait, voilà la créativité. La maison n'était que cela.

Elle ressent l'ambiance ruche, jamais connu auparavant l'exécution et les exigences de ce travail particulier, alors curiosité déployée et de souris.

Soudain il est là et il lui sourit, s'enquiert de sa nationalité, ses nationalités car Lilou est un mix. Elle a acquis sa dernière nationalité par mariage, il s'immisce, curieux curieusement intéressé :

— On dit que ce type de mariage n'est pas de celui qui marche le mieux. Il s'appelle Val lui a-t-il confié.

— C'est vrai, je confirme, les différences culturelles donc conceptuelles sont obstacles au quotidien, alors ça use.

D'autres questions de plus en plus ciblées, Lilou ne s'est pas trompée, elle l'intéresse. Elle aime le sourire malicieux et le regard fendu de coquineries. Tiens, il a un tatouage sur le bras, inattendu...

Les trois autres sont toujours dehors, quant à lui il pavoise, montre encore et encore son intérêt et arbore un sourire du bout du cœur.

Il a le coin de bouche-connivence qui parle sans les mots. Elle sent qu'elle lui plaît beaucoup.

Filmer lorsque l'on s'y penche, déploie maintes qualités et savoir-faire qu'exige tout professionnalisme avéré. Le pro, celui qui porte un boubou, Théo s'y emploie avec maîtrise et passion, le détail est partie prenante et ne s'égare pas. Visiblement il sait ce qu'il fait, il sait ce qu'il veut.

Seb vient juste de casser une tasse empêtré dans tous ses fils, elle avait bien perçu sa maladresse. Il est confus très ennuyé, elle le rassure avec une pointe d'humour:

— Ce n'était pas un Ming alors pas de souci... Il se déride un peu mais ne se départ pas si facilement de sa gêne. Il est doux et timide.

Repas chinois autour de la table dont Lilou a dépoussiéré et fait luire le verre qui la protège. Ils sont cinq hommes désormais, l'ami architecte est venu les rejoindre pour une interview. Elle est assise à côté de Seb, en face de Théo. Val à l'autre bout de la table devise allègrement avec le propriétaire des lieux. Conversation autour de la maison. Lilou observe Val, ce qu'elle perçoit de lui, sous l'apparence cool, un certain manque de confiance en lui, comme une timidité ébauchée avec les femmes. Aussi un caractère pas si facile et une joie de vivre voilée mais présente. Elle ressent le malaise, ce malaise qui perce chez certains hommes lorsqu'une femme leur plaît et qu'ils commencent à la désirer. C'est un trouble qui naît dans le regard, puis se propage dans les mots et enfin dans l'attitude générale qui en devient gauche et peu assurée. Lilou repère tout cela promptement et elle assure alors son pouvoir lorsque l'homme lui plaît.

Début de soirée. Soleil clinquant. Effluves de sauge mêlés au jasmin. Jardin minimisé pour laisser luire la maison, verbe approprié sous toutes ses formes car la maison est peinte argentée, jardin tout de même présent de par ses senteurs. Soudain une main qui se glisse sous son bras...Val:

— Lilou, y-a quelque chose qui se passe entre nous c'est manifeste lui souffle-t-il à l'oreille alors qu'ils se dirigent vers la sortie pour prendre quelques clichés.

— Il y a quelque chose en effet... Et la vie est trop courte pour ne pas l'apprécier.

Audace inhabituelle et question dans la tête de Lilou: "mais pourquoi j'ai dit ça, ça va vraiment pas moi!"

— Donne-moi ta carte, tes coordonnées afin que je puisse te joindre. Tu as les miennes n'est-ce-pas? Tiens les voici.

Grande panique: les cartes qu'elle venait juste de faire imprimer, elle les avait laissées à la... Mais non! il en restait une dans son sac qu'elle réservait pour Meg. Elle avait commencé cependant à rédiger son e-mail sur un petit bout de papier vert qu'il lui avait remis, elle déchira la partie où il avait écrit le sien et lui tendit l'autre morceau.

— Très belle écriture! complimenta-t-il.

Soudain, ils voulaient tous sa carte, Val, Théo, l'architecte. Théo lui avait dit qu'il aurait été intéressé par son témoignage sur les langues qu'elle maîtrisait de par ses multiples nationalités. Il lui avait paru étrange, tandis qu'il lui parlait son souffle était presque haletant et ses yeux brillants, il semblait en proie à une certaine effervescence. Il lui réclama sa carte, ayant tout rédigé à la main pour les deux autres demandeurs, elle lui remit la carte imprimée qu'elle avait gardée.

Ils rentrèrent tous dans la maison et elle s'apprêtait à reprendre sa voiture, y pénétrait tout juste lorsqu'elle entendit des pas marqués. Théo était là, il lui demanda: "j'ai bien ta carte n'est-ce-pas?" en fouillant nerveusement dans son portefeuille. Puis il s'enquit de son adresse résidentielle, et enfin il la gratifia de deux bises glissées tout, tout près de sa bouche... Bizarre, quelle drôle de journée...

Lilou était tout à fait ravie de la tournure que prenait la vie, elle avait un homme à portée de possibles. C'est décidé, elle enverrait un e-mail à Val très bientôt en lui disant combien les moments qu'elle avait passés auprès de lui avaient été agréables.

Fin juillet elle reçut l'e-mail suivant:

"Ravi d'avoir fait ta connaissance l'autre jour, j'aimerais te revoir. À bientôt. Théo."

Dépitée, elle attendait une réponse de Val et c'était signé Théo... La réponse de Val arriva deux jours plus tard. Il lui demandait de le recontacter dès qu'il serait à nouveau dans les parages, et il s'était même permis de l'embrasser par ordinateurs interposés. Il reviendrait mais ne savait pas quand, alors elle réserva sa réponse pour plus tard.

Elle répondit à Théo plus par politesse qu'autre chose en lui stipulant qu'elle partait en vacances pour un tour d'Europe puis un tour aux États-Unis, alors qu'il faudrait attendre fin septembre pour une éventuelle rencontre. Il lui répondit: "On se recontacte très vite. Théo." Et elle oublia...

Trop concentrée alors sur le périple très organisé et ambitieux qui lui ferait voir ou revoir cinq pays et gambader sur les routes et les airs. Elle avait le cœur en vogue, les idées claires de soleil et un petit pincement d'appréhension devant la feuille de route journalière remplie de départs et d'arrivées empilés, et jonchée de souvenirs piquants et douxereux pour tous ces gens qu'elle allait revoir après de nombreuses années.

Août virevoltant

❧◈❧

VAL, ELLE NE SAVAIT PLUS TROP, il était loin, indisponible, ses possibles se fondaient en une mare de dommage mais tant pis... Pourtant, elle acheta de très beaux sous-vêtements en pensant à lui...
Vacances tourbillon, faites d'avions, d'amis, d'émotions, de kilomètres, de fêtes, de repas mitonnés, de déférence et d'amour démontrés. Lilou était heureuse d'avoir fait ce parcours de la famille et des amis, et de ses visites de multiples et différents pays et cultures. Photos souvenirs et sentiments intenses, il fait beau dans le cœur. Ouf, la vie parfois a des instants de plume d'oie. Vacances adorées et pleinement dégustées. Pas trop de fausses notes, du moins assez peu pour pouvoir les pointer.

Fin août, avec son amie elles irradiaient toutes deux de leurs moments bonheur-capture et de leur similarité-amitié. Elles prirent la vie avec légèreté et plaisirs divers, et se racontèrent tout : misères, joies, amours, regrets, espoirs, tout y passa comme un grand bilan de début de fin de vie...Tout cela accompagné de tout le délectable de l'existence : paysages merveilleux, cottages-auberges précieux et lunettes rose fluo pour une parenthèse d'exquis égoïsme qui les emmena tout droit sur la route des sourires et des rires pour oublier, pour se ressourcer, pour se sentir vivantes...

Le mari de Lilou se montra quelque peu aigre-désagréable,

mais Lilou en la matière n'avait plus aucun espoir et avait fait le deuil de l'amour et de ses banlieues, du sexe et de ses plénitudes et même du partage et de ses ravissements, elle était seule, solitaire, isolée dans un couple solo, et non duo. Elle en souffrait horriblement mais n'en laissait rien paraître. Son amie le comprit, la comprit et fut contrite que sa douceur et gentillesse fussent ainsi malmenées. Ongle qui crisse sur le tableau noir...

Septembre surpris

LILOU POUR LA PREMIÈRE fois de sa vie était libre. Son travail l'avait laissé choir, donc son temps lui appartenait, il était temps, il fallait qu'elle déploie ses ailes ankylosées et froissées par toutes ces frustrations contenues...

Zelda son amie l'avait complètement regonflée à bloc lui montrant un côté de la vie éclairé lune-soleil.

Elle était son propre boss et ce n'était pas Zelda qui n'avait pas hésité à quitter une ville, un métier, des amis et de la famille pour tout refaire en mieux, qui allait lui faire la moindre remontrance ou leçon d'éthique... Pas le genre.

Encore quelques jours de soleil bonheur septembre magnifique avec ses biches et ses ratons laveurs, ses couchers de soleil plein les yeux et ses soirées nocturnes bougies qui traînaient en conciliabules.

Le soir se faisait souvent chuchotis de folies et de sagesses entremêlées.

Aéroport. Brume du matin. Effluve de kérosène. Il faut rentrer. Bisous vrais.

Le cœur dans l'étau comme une complicité sororale qui se divise. Elle enverra des e-mails promis! Elle emporte enfouis dans ses valises des souvenirs merveilleux, temps de liberté volés au temps qui passe.

Lilou, l'amour elle connaît, l'amitié elle connaît, le problème ça reste pas, du moins pour elle; le sentiment est là certes bien ancré, mais plus la présence. Même s'ils l'aiment, tous s'éloignent d'elle... Alors les cellules de son cerveau fonctionnent à plein pour comprendre, trouver comment amarrer l'amour qui s'évanouit sans trop de froissures et qui s'épanouit en toutes conjonctures.

Val, bof il serait tout au plus un contentement sexuel, déjà pas si mal vu le contexte mais pas trop le but. Elle adorait le champagne mais pas au verre, il lui fallait savoir la bouteille accessible.

À ce moment de sa vie Lilou était dans une errance totale, sa vie maritale qui était tout sauf cela lui rongeait le cœur, sa vie professionnelle abruptement interrompue était à reconstruire, sa vie intime se languissait. Sans partage de l'amour Lilou n'existait qu'à moitié, voire pas du tout.

Son e-mail professionnel récemment imprimé sur ses jolies cartes qu'elle avait peu distribuées, affichait 0 message. Mi-septembre passé, pas trop d'impatience, la noria de la rentrée retour de vacances, se met tout juste en branle.

Vague à l'âme, meurtrie de questionnements en tous genres, Lilou se laisserait-elle couler sur la pente du désespoir? Pas son style malgré tous les malgrés...

Pas grand soutien, juste quelques amis orbites satellites bienfaisants qui ébauchent l'essentiel mais ne le transcendent pas.

Qui alors?... "De retour dans les environs. Au plaisir de nous revoir. Théo."

Encore lui! Il se montre insistant celui-là. Bon allez conclure, le voir, lui dire subtilement que: voilà OK tu veux mon cul mais j'suis pas d'humeur.

Alors court e-mail réponse rendez-vous: jour, heure, lieu. Bon ça lui convient pas, mais il prend des gants: "Chère Lilou"...

Coup d'œil furtif à l'e-mail et soudain la question:

qu'exprime t-il au juste, il est nul en grammaire! Il a donné naissance à une phrase bancale à l'impératif et à l'interrogatif à la fois: "Voyons-nous à ce moment-là?" Il demande pas, il ordonne, mais pour qui se prend-t-il et que veut-il dire au juste, je comprends rien. Lilou s'est penchée assez longtemps sur la phrase et tout d'un coup, coup de sonnette dans son cerveau: je rêve ou quoi... il a bien mis un point après son prénom...

Lilou les détails, elle adore, elle trouve qu'ils font l'essentiel du sens de la vie et qu'ils sont d'extrême importance, révélateurs jusqu'au bout de la nudité. Un point après son prénom en fin d'e-mail. Bien peu le font. Elle, elle le fait, pour une affirmation de sa personnalité. Finalement il me plaît bien, on a un point commun c'est le cas de le dire! Il lui avait envoyé son site professionnel qu'elle n'avait jamais pris le temps d'ouvrir et de découvrir. Elle le fit et fut conquise par ce qu'elle y lut.

Il lui correspondait sur beaucoup de plans et sa vie déployée à tous vents lui faisait envie.

Toujours ce regret quelque part d'être une femme femme qui attire tant l'attention, elle aurait été plus aventurière dans sa vie si elle n'avait pas traîné tous ces regards derrière elle, proie.

Alors revirement total, elle s'exprimerait en tant qu'elle, pointe d'humour, titillations, déstabilisations et synthèse pour voir qui était en face.

"Je serai là autour de la date que tu évoques alors contacte-moi lorsqu'il te sied ou te prend l'envie de fixer un RDV. En attendant bisous de Lilou." tout cela suivi de ses coordonnées.

"Quand je rentre je sais qu'il me prendra l'envie de fixer un RDV en ta charmante compagnie."

Puis pour entretenir la communication elle lui fit part d'un mini tsunami ayant eut lieu chez elle, et c'est alors que tout commença...

Il lui écrivit: "OK je viens de voir l'info.

50 centimètres la vague quand même!

J'espère que l'on fera plus de vagues lorsque nous nous reverrons."

Décidément la grammaire n'était pas son fort, question de génération sans doute...

Lilou en verve et aimant la provocation pour obliger à se découvrir, lui montrer qu'elle n'était en rien dupe et se fichait de la convenance de la drague policée, répliqua:

"Aurais-tu le moindre doute en la matière?"

Vingt minutes après son écran afficha:

"Raaaaahhh! Lilou...."

Ce qui la fit beaucoup, beaucoup rire.

Elle l'avait vu une seule fois et ne l'avait même pas remarqué, focalisée sur Val, la prochaine rencontre serait décisive. Elle était déterminée: s'il lui plaisait, elle serait à lui, et elle le prendrait. De longues années sans amour et sans sexualité commençaient à se rebeller et son mari avait été très difficile et peu compatissant dernièrement alors qu'elle avait essuyé des problèmes très graves de la vie. D'un tempérament fidèle, elle ne s'était rien permis durant neuf ans malgré toutes les opportunités mais cette fois... la conjoncture y était.

 Octobre fou

RENDEZ-VOUS FUT PRIS, il lui laissa le choix du lieu, fixant le jour et l'heure. Un petit doute sur l'adresse qu'il évoqua, elle fut redondante quant aux détails, ce qui donna lieu à:

"Ok je suis un peu aux fraises avec mon décalage pour tout dire! À demain. Théo."

Encore une fois, il la fit beaucoup rire! Cela ne lui était pas arrivé depuis si longtemps... Que c'était bon!

L'expression "être aux fraises" lui paraissait désuète, presque dialectique. Alors elle renvoya l'e-mail suivant:

"Tant que tu ne les sucres pas ça va! Et qu'en est-il de nos vagues alors??? L."

Pas très haut le niveau mais toujours amusant pour elle, et toujours la provocation... Elle faisait allusion à sa fatigue due au décalage horaire contrariante peut-être pour leurs projets de sexe... et surtout elle bluffait comme au poker. Elle était très anxieuse de la rencontre n'ayant pas vécu cette expérience depuis bien longtemps...

Elle se fit belle et s'habilla avec soin comme toujours: escarpins daim rouge, bas résilles rouges, robe noire très spéciale de modernité qui mettait très en valeur sa silhouette, sac rouge, petite veste tailleur courte, boucles d'oreilles perles fines et parfums coûteux mêlés, elle aimait être unique...

Son mari ne lui posa pas de questions, depuis le début de leur mariage elle sortait toujours seule, il refusait de l'accompagner systématiquement, elle y était habituée, donc aucune crainte de ce côté-là, juste la routine et juste mentir sur la compagnie.

Elle voulait être un brin en retard pour ne pas attendre et surtout pour qu'il la voie entrer dans le restaurant-bar. Elle savait l'effet qu'elle pouvait faire, l'ayant maintes fois expérimenté.

L'effet du cognac avalé avant de partir, secret contre ses troubles, commençant à se faire ressentir, une grande goulée d'air pur, un dernier regard au maquillage et hop elle entre.

Il est là près du bar dans un loden marine, il a une étincelle dans le regard qu'elle aime: il est intelligent.

De par sa profession longtemps exercée, Lilou avait une déformation qui consistait à appréhender très rapidement le QI de la personne en face, son degré de sensibilité, ses valeurs de la vie et ses qualités, elle réservait les défauts pour la suite ne voulant pas être découragée trop tôt...

Elle avait donc une sorte de crible qui se remplissait au fur et à mesure de la conversation, avec comme dans les fêtes foraines le petit coup de cloche lorsque le maximum était atteint. Bien évidemment il n'échappa pas à la routine, de toutes façons c'était en elle et elle ne pouvait s'empêcher de le faire fonctionner sans même y penser. Et il atteignit souvent le maximum... malgré la grammaire...

Il lui plut, beaucoup. Ils rirent et fou rirent bien souvent, elle devant son cocktail, lui devant son jus de fruits...

Elle avait décidé de jouer franc-jeu d'entrée en lui racontant Val. Elle sentit poindre un zeste de jalousie: "Alors lui il roucoule tandis que nous on bosse, dis-moi ce qu'il t'a dit Val, c'est un chaud-bouillant celui-là je suppose que tu l'as remarqué?"

Pas l'habitude de s'exécuter autant qu'il le sache tout de suite. Alors révisant sa question: "Tu t'habilles toujours comme ça?"

Les mecs! Bien sûr, elle s'habille toujours comme ça! Lilou, elle a un beau corps, de belles jambes alors d'abord quoi qu'elle porte ça rend bien, et puis être à son avantage rien de plus normal non? Bon, je me suis faite belle un peu pour toi mais surtout pour moi.

Elle lui avait dit textuellement: "Ce qui m'intéresse chez un homme c'est son essence..." et subtile dose d'humour elle ajouta: "J'espère que tu as fait le plein..." Rires, et lui surajouta: "Tu me l'enlèves de la bouche..." Fou rire total, ils n'arrêtent pas! Et puis plus léger: la grammaire, les points communs et le point commun... après le prénom. Ils rirent tant!

"Ainsi ma destinée fut-elle forgée par un simple point, non! Tout tient à un fil dans la vie..." Et encore et encore des rires et un subreptice rapprochement physique au bar, les coudes, les bras se frôlent.

Le bar, la chemise hawaïenne du barman, la musique sirop, le cocktail langueur, les yeux invite... "J'ai envie de t'embrasser." Il le fit juste après avoir énoncé le "...sser". Premier baiser au bar donné. Elle le reçut les yeux fermés, le savoura longtemps, si longtemps... Oui la durée du baiser, mais aussi si longtemps que personne ne l'avait embrassée ainsi, et ce n'était rien du tout comparé à ce qui allait suivre. Il lui confia: "tes yeux m'ont dit de le faire". Rien de plus vrai. Lorsque le crible fut passé en revue, ponctué de nombreux sons de cloches, lorsque son sourire et son rire surent franchir les portes de son âme, elle lui dit oui avec ce qu'elle possédait de plus expressif: ses yeux charbon peints de mascara.

Il lui dit son envie de prendre l'air et ils s'installèrent sur un banc à proximité. Une fois au dehors, musique, son portable et son mari qui s'enquiert du bon déroulement de la soirée. Jamais, jamais cela ne lui était arrivé auparavant, sixième sens? Elle sait que malgré les dires les hommes en ont un lorsque leur femme leur échappe... Mais vite la soirée, après ces quelques minutes trop terre à terre.

La mer tout autour, la lune tout au-dessus, le bruit des mâts qui s'entrechoquent et les rires et les baisers en alternance... trois heures durant!

Les années font marche-arrière, ils ont quinze ans! Et c'est top! Plaisir intense des langues qui se mêlent et des bouches qui se boivent... Puis:

"As-tu conscience de l'effet de ça sur un homme?"

Il s'était emparé de sa longue jambe gainée de bas résilles rouges et sa main restait sage sur la jambe ne cherchant pas à s'égarer. Elle apprécia cela et elle répondit tandis que quelques passants nocturnes souriaient à leurs tendresses toutes neuves:

"Sincèrement non, je trouve cela juste joli." Lilou avait beaucoup de mal à appréhender un regard masculin, elle en connaissait l'issue, mais ne concevait absolument rien du processus... Bien sûr, elle maîtrisait tout ce qui portait l'excitation virile à son paroxysme, cependant le détail de la cambrure imposée par l'escarpin qu'il lui fit remarquer ainsi que la naissance de ses seins à peine dévoilée, ce qu'offrait sa robe, ne la rendaient aucunement consciente de ce que cela pouvait provoquer dans un cerveau masculin. Peut-être cela était-il dû au fait qu' au-delà du physique qu'elle voyait d'emblée chez un homme, son attirance allait plutôt vers d'autres plans: le charme ambiant, l'intellect, la voix, le sourire, le regard mais pas forcément le corps. Piètre explication, mais plausible.

Pourtant, un corps masculin pouvait littéralement la bouleverser... et ce, de prime abord. Elle l'avait expérimenté à Hawaï lors d'une compétition de surfeurs...

"J'aime quand tu glousses comme ça." Il l'avait vexée, un gloussement lui évoquant un dindon, n'avait rien de flatteur et surtout ne reflllétait en rien l'origine de ce rire: un bonheur oublié et retrouvé dans ses bras. Comment lui exprimer ce manque abyssal en elle de tendresses prodiguées. Lilou est une sensuelle extrême. Les baisers, les caresses, l'amour, la baise la comblent. Pas choisi, c'est comme ça!

"Il est tard, je dois rentrer, lui souffle-t-il, mais j'ai tellement
envie de toi et il commence à faire froid. Qu'est-ce-qu'on peut
faire, où peut-on aller?"
Et les voilà qui surgissent ces contingences matérielles. Ils
échafaudent idées incongrues et désirs fous pour vivre leur
désir fou et ils rient encore plus fort. Fi de tout ça, goulue de
l'instant. Dans la voiture il ose, défait la fermeture éclair sur la
poitrine placée, et découvre les seins de tulle emprisonnés à la
lumière de lune offerts. Il les caresse et les regarde, les embrasse,
puis il ressent quelque chose... Elle ne sait pas bien quoi. Trop
embrumée de délices redécouverts. Mais elle note l'hésitation.
Il n'avait pas bu d'alcool et pourtant...

Se quitter... difficile... Plus et encore tambourinent aux tempes.
Ce fut leur deuxième rencontre qui laissa ses dessous détrempés,
ses sens ébouriffés et son cœur crêpe Chandeleur.

E-mail du lendemain matin:
"Bonjour Lilou,
Comment vas-tu?
J'ai passé une excellente soirée en ta charmante compagnie!
Je t'embrasse.
À très vite.
Théo . (t'as vu le point là?)"

Il la fit encore rire. Verbe au concept enfoui, éblouissant éclat de
rubis dans l'obscurité.
La vie a un autre goût, un goût de baiser sur ses lèvres imprimé
et elle ferme les yeux pour mieux revivre.

Elle trouva un hôtel non loin de chez elle pour leur première

nuit. Et put lire le message sibyllin suivant:
"Bonsoir Lilou..."

"J'étais dans les bras de Morphée à défaut des tiens..."

"Quelle belle formulation...
Je repense beaucoup à ce très agréable moment.
À ces jambes gainées de résille...
À ce regard noir charbon chargé de douceur.
À la saveur de ta bouche.
T."
Douceur du texte qu'elle dégusta tel un chocolat fondant en bouche...

Elle lui fixa rendez-vous: le bar et l'hôtel.
À sa question: "ça te plaît?" il fit jaillir un "absolument" des plus déterminés. Ponctué et immensément adouci par:

"La pluie... Ta peau... Ton rire... Maintenant."

Haïku des plus délicieux qui lui pénétra l'âme. Au rire succédait le sérieux. Le désir est sérieux.
Elle lui envoya alors un poème où elle lui offrait chaque partie de son corps, petit amuse-gueule pour le lendemain, prélude aux prémices, excitation des sens par une évocation sémantique qui vrille la pensée. Poétique, mais quelque peu offert. Mots choisis précis et sans ambages. Image fidèle.
Poème auquel il répliqua:
"Lilou!"
Cela la laissa perplexe, quel sentiment avait-il étiqueté au prénom décrié? Alors humour pour effleurer la vérité:
"T'as le point d'exclamation outré ou quoi?"
Et il la fit encore mourir de rire en lui répondant:

"Oui, je ne sais pas si c'est le temps mais j'ai comme une furieuse envie de m'outrer le point d'exclamation. Comme une brute! (Tiens tu vois là encore...)"
Loin d'elle pourtant l'image sexuelle lorsqu'elle aborda ce point de ponctuation encore une fois. Décidément leur histoire tournait autour de bien des points... Mais elle pensa l'idée bien trouvée et tout au long de la journée elle eut du mal à se départir du sourire affiché et du rire contenu. Pour plusieurs raisons... il la faisait tant rire avec ses mots et après-demain elle ferait l'amour avec lui...
Après un échange dans lequel il lui demandait "quelque chose de gentil":
"Théo je t'embrasse tendrement hélas virtuellement et te souhaite une douce nuit. Lilou"

"Lilou demain je serai dans tes bras. Je t'embrasse. Théo."

"Où es tu Lilou?
Demain je te vois. Ton beau visage et ton rire éclatant.
Ton poème a mis le feu à mon esprit.
Une furieuse envie de faire de la ponctuation sur ton corps...
T."

"Théo embrasse-moi. Ce n'est pas moi, ce sont mes yeux..."

"..."

"Finalement le virtuel ça a son charme aussi. Garde-moi les mêmes pour ce soir."

"....!?????"

"C'est déjà fini?" [Toujours la provoc...]

"J'arrive! Je vais m'occuper de toi ma belle! Il me tarde de passer entre tes mains... (Ah! Ces points de suspension... En suspension...)
Je prends ton visage dans mes mains et t'embrasse longuement."

Les points, toujours les points leitmotiv de leur histoire. Elle lut la phrase avec un point au cœur tant l'image évoquée était douce et romantique. Pas trop s'il te plaît Théo...

Faire l'amour concept des plus merveilleux qui se concrétise en un acte partagé où les corps expriment avec leur code ce qui vit dans le cœur... Elle le voulait amoureux, le sentait amoureux mais elle se méfiait. Elle, une grande amoureuse de l'amour, le désirait frisson torride mais un pas en arrière. L'amour brûle.

Ils se rencontrèrent dans un bar qui se voulait chinois et branché mais n'excluait en rien la pacotille... L'hôtel était à quelques pas...
..."I love you." C'était Meg à l'autre bout du fil (fil: terme des plus désuets lorsque l'on se sert d'un portable) en tous cas, elles avaient pris l'habitude de conclure leur conversation ainsi. On ne sait jamais de quoi l'avenir est fait alors autant qu'on se dise que l'on s'aime.
C'est le moment qu'il choisit pour arriver... en retard. Elle avait un drink devant elle et il entendit la phrase avant qu'elle ne raccroche (encore désuétude, on ne raccroche pas un portable... Le vocabulaire trahit la génération parfois.)
Il lui semblait nerveux et inquiet. Il lui en fit part. Tout partager: de bon augure. Il but alors trois cocktails pareils au sien. Ils s'embrassèrent fou, et sa main s'égara sur ses jambes et ses cuisses. Lilou portait une mini-jupe grise avec des bas résilles noirs cette fois. Beaucoup de gens alentour, alors direction

l'hôtel.

Que se passe-t-il dans sa tête à lui? Lilou avait envie. Point. Mais lui?

Grand lit, grande tendresse mais pas d'érection malgré les caresses appropriées, la langue passée et repassée sur son sexe, les yeux charbon maquillés dans les siens, les mots crus. Désespoir pour lui. Lilou restait étale mer sans vagues. Ce n'était pas le premier auquel cela arrivait la première fois dans ses bras. Puissance cérébrale qui nous étonne et nous trahit. Très empathique, elle pouvait comprendre et s'accommoda de la situation.

Théo était pagaille dans son esprit, il se parlait à lui-même à haute voix, évoquait le fait d'avoir été ensorcelé, ne pas pouvoir bander à son âge ne pouvait venir que d'une malédiction extérieure... Il désirait tant Lilou que cela lui était intolérable de ne pas pouvoir agir. Bien sûr, ne connaissant pas très bien Lilou, il aurait voulu la combler et surtout lui offrir une image de lui bien plus flatteuse. Lilou ne s'offusqua pas, ne le jugea pas bien au contraire il l'attirait encore plus, cette panne sexuelle selon l'expression convenue, dénotait une sensibilité extrêmement profonde et ancrée et grand paradoxe, un désir sismique. Touchant, très touchant. Et combien il le fut encore à ses yeux lorsqu'agenouillé devant elle, le drap théâtralement jeté sur son épaule, il lui tendit triomphalement la boucle d'oreilles en perle que Lilou avait perdue. Elle le trouvait beau, beau de déférence et de tendresse. Et aussi cet embonpoint qui le complexait un peu lui avait-il confié, lui plaisait beaucoup, elle se sentait protégée dans ses bras. "Un homme à tes pieds, agenouillé devant toi, j'espère que tu apprécies... La voilà ta boucle d'oreilles, ne sois plus triste." Merci Théo de m'offrir tout cela, j'avais tellement tout oublié... Tu me plais tant Théo...

En ce début de nuit profonde, il put lui faire l'amour en lui disant que c'était cela qu'il voulait pour eux depuis le début.

Pas grave Théo, on aura d'autres moments, ne te prends pas
la tête...

Le lendemain analyse du pseudo-échec. Trop attendu, trop
d'alcool, trop d'émotion.

Le lendemain toujours elle revit Andrew. Amoureux d'elle et
plein de désir pour elle depuis... sept ans, ils s'étaient rencontrés
sur le lieu de travail de Lilou. Beau, bien plus jeune qu'elle et
fougueux... Un métier cinématographique des plus prenants
alors maigres rencontres. Mais pas de mélange love affair et
profession et il est marié... Pourtant ce jour-là rendant avéré ce
que Lilou constatait constamment avec les hommes de sa vie,
il avait senti qu'elle s'éloignait de lui, alors il se fit pressant.
Comme jamais il ne l'avait été. Il l'embrassa longuement, lui
fit sentir combien elle était importante pour lui et combien
il la trouvait belle et désirable. Aima ses chaussures et son
maquillage, glissa ses mains sous son pull afin d'appréhender
sa taille et ses hanches cello. Ils parlèrent longtemps et elle lui
dit... Théo. Sorry...

Théo sans cruauté, Théo juste parce que Lilou a la transparence
du cristal. Andrew comprit. Il lui dit "au revoir" les yeux
lac-alizé... Il savait tout au fond de lui qu'ils se reverraient
tendresse.

Transparence dans l'autre sens, elle effleura Andrew auprès de
Théo. Juste par honnêteté. De plus Andrew ce n'était pas un
amant même s'ils avaient côtoyé le presque, c'était une relation
particulière faite de partages de pensées et d'émotions et de
tendresse-douceur. Mais ils ne pouvaient s'empêcher de se voir
régulièrement pour se caresser des yeux et des mots...

Quelques jours sans nouvelles de Théo... corrélatif? Probable,
tous les hommes de Lilou sont hyper-possessifs bien qu'en
sourdine.

Elle pensait l'avoir perdu; il se débattait dans des ennuis d'ordre professionnel avait-il expliqué.

Alors sans trop y croire juste pour essayer, elle minauda:
"Comme j'envie la pluie, elle mouille et détrempe tout..."

Surprise: l'écran répondit presque simultanément:

"Premier degré?"

"Comme tu le sens..."

"Et tu te sens comment?"

"Lascive"

"Hou là!!! J'imagine très bien tout à coup...
Lascive belle et pensive?"

"À peu près ça oui"

"Entre 2 cours?
Entre 2 eaux?
Entre nous?"

"Entre nous surtout"

"Où sont les autres prétendants?"

Mais, il fait montre de... jalousie. Elle n'y avait même pas pensé.
Lilou traîne toujours une cour derrière elle, il en est ainsi depuis
bien longtemps, elle avait dû le lui dire, juste pour être vraie, ce
qu'elle aime être. Sans arrière-pensées. Pour qu'il comprenne
que des hommes il y en a beaucoup qui la désirent, mais que

c'est lui qu'elle a choisi. Vraisemblablement il n'a pas abordé les choses sous le même angle... Il pouvait penser qu'elle lui gardait rancune de son petit échec sexuel, échec à ses yeux d'homme et non à ceux de Lilou pour laquelle il n'avait fait qu'attiser son désir pour lui. Paradoxe difficile à appréhender mais Lilou était loin, bien loin de ressembler à toutes les autres femmes. Il ne le savait pas encore... Ce qui la touche et qui l'attire le plus chez un homme ce sont... ses faiblesses. Comme un lion qui chasse mal.
Elle lui répondit vrai:
"Il en reste juste un qui s'accroche malgré moi."

"Les persistants! Ce sont les entêtés qui parviennent le plus souvent à leur fin..."

"Tu en es la plus belle preuve! J'ai beaucoup de caractère et ne me touche pas qui veut!"

"Je sais. Je vois.
La pluie..."

"Quoi la pluie?

"Ça me donne envie de te toucher... aussi."

"De la parole à l'acte il n'y a qu'un pas paraît-il! Franchis-le!"

Ils ne se virent pas, son emploi du temps trop serré, aucune liberté. Lilou replongée quelques semaines en arrière, l'arc-en-ciel est doté de brièveté petite touche de soleil qui prisme les larmes. Je t'avais dit de te méfier. L'amour pince, l'amour pique, l'amour griffe et gifle. Lilou! Réveille-toi! T'espères quoi au juste? Je hais cette expression. Pour reformuler: un homme neuf, un contexte difficile. Laisse ton cœur en plaine et les instants de miel en ciel. Ça c'était sa voix guidance qui lui bousculait les attentes. Un petit doute cependant, l'imagerie populaire prétend qu'une fois possédée, une femme ne possède plus la même attraction, certes j'y renverrai le regard de la femme souvent abrasé, un fois goûté l'homme non plus ne possède plus le même attrait. Il existe cependant ceux avec lesquels on voudrait toujours et encore recommencer tant la jouissance fut exquise, et ceux qui ne pressent pas... Or Lilou avait encore très, très envie de Théo... Il avait une touche particulière faite de fraîcheur et d'authentique et aussi il la régalait de rires impromptus, pur plaisir.

Encore une histoire de points avant d'en venir au point crucial. La ponctuation étant l'initiale de leur rencontre, elle eut un rôle non négligeable dans le déroulement de leur relation amoureuse. La forme écrite prévalant dans le contexte... Or toute la complicité serpentine de l'amour donne lieu à des inventions dualistes et inédites. Magie de la correspondance informatique, ils avaient inventé pour eux seuls un nouveau langage, une sorte de morse érotique des plus évocateurs initié par son baiser ordinateur en points de suspension insufflé:

Elle lui envoya: "... ! ..." se référant là à son ... :baiser qu'elle dégusta et à son point d'exclamation outré...

Il répondit: "...?"

Elle répliqua : "(!)"

Et il termina par: "Ah oui?"

L'amour informatique s'improvisant génie créatif en nuances

court-circuit.

À la suite de quoi ils se rencontrèrent dans le même bar là où eut lieu le premier baiser par les yeux autorisé. Ils abordèrent beaucoup de sujets. Il se montra curieux à propos de son passé amoureux et sexuel. Lilou ouverte sur ce plan lui dévoila ses amants, ses maris et ce qu'elle aimait lorsqu'elle faisait l'amour. Lilou comprit aussi qu'il avait plusieurs femmes qui peuplaient sa vie, dont une peut-être qu'elle connaissait. Un ressenti de jalousie non... Malgré leur entente sexuelle plus qu'évidente, il ne lui serait jamais exclusif et bien loin l'idée de le lui demander.

Il lui fit part aussi du fait qu'il la trouvait provocante dans sa façon de se vêtir. La terminologie se teintant parfois d'un sens différent selon celui qui l'utilise, elle lui fit préciser ce que revêtait en terme de vêtement, ce vocable pour lui. Lilou, artiste à sa façon, adorait s'exprimer et exprimer sa différence par son look. Bien plus pour elle que pour les autres. Quelque peu perfectionniste elle aimait bien que tout soit agréable à l'œil et ne reniant en rien la féminité qui la caractérisait, ses vêtements, de fait, étaient ce que l'on pourrait qualifier de sexy. Elle faisait un distinguo entre sexy et provocant, lui pas apparemment. Elle voyait du mauvais goût dans le "provocant" mais pas dans le "sexy".

Soudain, il fit un commentaire sur le phoque qu'ils regardaient depuis leur table: "J'adore les phoques, ils ont toujours l'air paumé." Le phoque plongea et ressurgit en surface quelques secondes après, Théo dit alors:
"Tu vois là, il fait: "Mais où j'ai foutu les clés?" La tête du phoque avait effectivement cette expression... Fou rire.
Lilou adorait Théo pour cette capacité qu'il avait de savoir la

rendre heureuse... La surprendre par ses traits d'humour et d'amour...

Autre soirée pur délice pour elle, ombrée de légers mal à l'aise pour lui. Bien sûr elle le nota.

Novembre chaud

IL DEVAIT LUI PARLER TRAVAIL... Rendez-vous dans un bar classe qui surplombait la baie. Il était déjà là lorsqu'elle arriva. Elle lui avait concocté une surprise vestimentaire de son cru... Tout près de lui après le premier baiser de bienvenue, elle défit lentement sa veste qui s'ouvrit sur une robe noire très moulante mais qui avait également la particularité d'arborer un très profond décolleté en V découvrant une belle partie de ses seins qu'il mettait en valeur (Beaucoup de regards et de compliments dans le magasin où elle avait acquis cette petite folie sexy). Devant son regard étonné et admiratif sur sa poitrine elle laissa tomber: "La provocation c'est ça!" Difficile alors pour lui de maîtriser son regard et ses mains... En attendant, elle avait tellement bu ses baisers qu'il glissa à l'autre bout de la banquette de skaï sous le regard envieux de l'hôtesse du bar qui ne les lâchait pas des yeux. Un désir d'amour comme ça elle n'en avait ni vu ni vécu beaucoup. Lilou c'est la passion à l'état pur, la fusion brute et l'amour avide. Théo aussi. "T'es vraiment hyper-bandante, tu sais ça." lui souffla-t-il.

Il lui fit la proposition de le retrouver lors de l'un de ces voyages professionnels. Ce que Lilou ne décela point fut la demande déclamée clin d'œil sourire. Elle la prit très au sérieux et lui promit d'y réfléchir. En fait ils devaient passer deux jours ensemble donc deux nuits... dans un hôtel réservé pour ses obligations professionnelles.

Pour Lilou la tentation était trop forte, trop de moments vides et difficiles dans sa vie, alors juste un petit clignement soleil-bonheur: 48 heures près de lui... À réfléchir de très très près car les moments ne se vivent qu'une fois mais après ils nous appartiennent pour toujours... Absolument rien ne les efface et on peut les revivre tant qu'on veut comme un film culte qu'on aime à se repasser et à revoir. Lilou avait encore une grille: ce qui valait vraiment la peine d'être vécu en dépit de tout. Et Théo faisait partie de cette catégorie. Tel jour, telle heure, tel lieu Théo et Lilou avaient été ensemble. Écrit dans la ligne du vécu, de l'empirique. Et immuable.

En quittant le bar il eut cette question qui la scotcha:

"Comment on dit "je t'aime" en espagnol?"

"Te quiero." répondit-elle.

"Mais ça, ça veut dire je te veux non?"

"Oui mais pour les Espagnols c'est pareil, lorsque l'on s'aime on se veut."

Ce à quoi il rétorqua en l'embrassant pour la millième fois sous les yeux effondrés de l'hôtesse du bar:

"Ils ont tout compris ces Espagnols..." laissant Lilou songeuse...

La nuit tombée, ils atterrirent sur un parking à l'orée de la forêt cherchant leur chemin...

Lilou la tête ennuagée s'était égarée, et pourtant elle la connaissait tant cette route... Pouvoir de pouvoir troubler à ce point (tiens encore lui). Il la plaqua contre la portière de la voiture, leur désir au zénith, prêt à la pénétrer là tout debout. Mais les biches qui goûtaient la fraîcheur nocturne et un promeneur de chien les ramenèrent sur le parking...

Aéroport. Peter Cincotti à fond dans les oreilles, i-pod rose fluo. Elle se sentait très jolie, de fait elle attirait beaucoup les

regards, et avec son jean noir elle avait chaussé ses escarpins de daim rouge... pour qu'il la reconnaisse. Il lui avait écrit: "on se retrouve dans l'avion." Contre toutes ses attentes, elle le rejoignit. Elle n'avait même pas voulu noter le trouble qui se reflétait dans les échanges d'e-mails alors. Loin d'imaginer et ce furent ses propres termes à lui, il le lui confia plus tard, que cette invitation en fait c'était une "vanne"... Peu importe Lilou sait ce qu'elle fait.

Elle le vit arriver et malgré elle son cœur se mit à battre plus fort...
Son sourire, bien que retenu, lui montra tout de même qu'il était ravi de la voir, et sans doute quelque peu inquiet aussi:
"Je ne pensais pas que tu viendrais."
"Je t'avais dit que je serai là."
"Parfois les gens disent et ne font pas."
"Je ne suis pas les gens."
Remarques sur les chaussures, sa beauté, ses vêtements. Cœur fraîcheur, idées sensuelles par myriades, déjà et encore envie de lui.
Ils purent s'asseoir l'un à côté de l'autre grâce à la mansuétude d'un passager qui les crut en voyage de noces tant leur soif l'un de l'autre était flagrante. À peine installés, il ne put s'empêcher de l'embrasser, de la toucher, de la caresser sans cesse... Leur voisin faisait preuve d'une absorption totale dans son journal afin de mieux ignorer ces jeux sexuels qui prenaient place si près de lui.
Une fois encore ils furent pris de fous rires, se racontèrent des moments tendres et drôles de leur vie respective et elle le fit rire peu discret lorsqu'elle lui relata qu'elle faisait même bander... les éléphants.
Cette histoire Lilou la vécut dans un zoo parisien et elle était véridique. Lilou adore les éléphants sans limites... Elle

connaissait celui qui la regardait derrière la grande tranchée conçue pour tout empêcher. Tout empêcher... excepté une érection éléphantesque qui eut lieu aussitôt que Lilou l'appela doucement: "Siam, viens." Elle leva son bras pour communiquer avec lui juste par instinct, il leva sa trompe et... son pénis se leva également... extrêmement impressionnants: le pénis et le fait.

Les vétérinaires qui accompagnaient leur petit groupe s'intéressèrent à la chose mais dirent cependant à Lilou qu'il ne s'agissait là que d'une coïncidence. Lilou leur démontra le contraire car Siam eut le même type de réaction lorsqu'il la revit une heure plus tard. Lilou leur sourit... Et Théo apprécia l'histoire.

Il glissa sa veste de cuir sur elle afin qu'à l'abri de tous regards, il puisse s'aventurer partout partout sur toute sa peau... Elle adorait mais lui disait: "Théo arrête..." juste pour rendre le jeu plus innocent et enfantin.

Correspondance et après l'annonce du commandant de bord: "Nous serons à destination dans trois heures et onze minutes." Théo trépigna en égrenant: "3 heures 11, 2 heures 58, 2 heures 9... J'en peux plus..." Fous rires encore... Cette fois-ci encore de la chance quelqu'un de complaisant les laissa s'asseoir côte à côte et les caresses s'affirmèrent, elle lui dit alors: "Arrête mon émotion va se voir sur mon jean..." Ils rirent encore.

À l'hôtel aussitôt le groom refermant la porte, ils se jetèrent l'un sur l'autre sur un lit antique et expressif... Il couinait et se plaignait des mauvais traitements. Théo eut alors l'idée de l'aborder transversalement et cela sembla mieux lui convenir. Encore des rires bien sûr mais qui firent vite place à des soupirs et des râles de plaisir. Lilou ne se souvient guère de comment elle fut si rapidement à demie-nue dans les bras de Théo ni de comment il se retrouva en elle, vague de plaisir inattendue bouffée de bien-être vive et brûlante. Elle prit son sexe dans sa bouche et le fit jouir comme ça sans aucun préambule ses yeux noirs plantés dans les siens, elle savait juste qu'il en mourait d'envie. Il la fit jouir sachant trouver en elle les points sensibles à l'intérieur de son corps et elle ressentit qu'il fut surpris de sa jouissance qui comprima son sexe en spasmes réguliers.

"L'hallu totale..." furent ses mots de l'instant. Oubliée la première fois, leurs corps étaient ivres l'un de l'autre et il lui confia:

"Je suis cassé." Ils se sentaient bien, tout simple et facile.

Ils alternèrent sexe amour, dîners, promenades et conversations de tous ordres.

Un moment tendresse: un banc, le fleuve et Lilou qui frissonne un peu, air indiscret qui s'infiltre frisquet sur sa peau. Sa veste de cuir est près d'elle sur le banc, lui à quelques pas dans le soleil, il converse au téléphone et ne la regarde pas. Elle glisse sa veste sur ses épaules, respirant à plein son odeur. Sens animal. Il est ainsi en elle, dans ses poumons... Elle se sent bien ayant chaud sur la peau et dans son cœur grâce à lui. Le temps se fait plus lent, les yeux se font doucereux... Ils marchent ensemble, découvrent les alentours, s'émerveillent facilement. Il n'a pas repris sa veste...

Autres moments tendresse: Lilou n'aime pas l'obscurité, la nuit elle veut la lumière de lune qui irise la chambre. Veilleuse Nature. Lilou est dans son cœur toujours une enfant, à protéger et à chérir malgré l'armure de bronze et de bonze... Deuxième et dernière nuit. Théo entrouvre le rideau et lui demande:

"Comme ça?" Émotion plus qu'intense: il s'est souvenu... Des larmes retenues au bord des cils, si longtemps qu'elle n'avait pas été considérée ainsi... Alors durant la nuit sur son dos à la peau si douce elle écrivit avec son index "Je t'aime" qu'il dorme ou non... Puéril, mais le contexte d'amour a une innocence inhérente.

Et aussi. Nuit. Soif. Elle glisse la tasse à ses lèvres. Elle le croyait endormi, pourtant:

"Je peux avoir un peu de ton eau?"

Tasse vide, elle se lève pour la remplir.

"Non laisse j'y vais." Il tend sa main vers la tasse, elle y dépose un baiser furtif et lui rapporte la tasse emplie.

Détails... Pour Lilou, lourds de sens .. Entre eux: sexe amour? Amour sexe? Qui prime? Qui se mêle à l'autre en prenant l'initiative? Ne pas penser, ne pas savoir, ne pas voir... Juste saisir l'instant, souviens-toi Lilou cœur en plaine, miel en ciel...

Moments des plus érotiques: sur le lit face à face, il enfonça son index dans sa bouche et elle se mit à le sucer comme elle l'aurait fait avec son sexe... Puis à son tour elle caressa délicatement ses lèvres avec son index et s'introduisit dans sa bouche afin d'y entrer en contact avec sa langue. Ils restèrent ainsi un long moment se prodiguant des caresses d'une grande sensualité doigts, lèvres, bouche, langue mêlés, en tirant un plaisir intense mutuel car leur regard aussi était en symbiose...

Il se préoccupa du bon déroulement de son retour, elle ne s'y attendait pas... Elle allait bien malgré le doute.

Chaque séparation ressemblait pour elle à une dernière fois. Elle ne le reverrait plus jamais de sa vie. Le regard de Théo était plus qu'un regard d'au revoir et bien qu'il prononçât toujours les mêmes mots: "À bientôt", elle pouvait ressentir, et ce dès le premier rendez-vous lorsqu'il caressa ses seins dans la voiture, cette vague de contraires qui le submergeait. Et ce, qui ne fut au début qu'une ébauche de perception, devint peu à peu de plus en plus clair dans ses yeux charbon.

Cela fut confirmé par leur prochaine rencontre. Mais. Poème.

Inspiration subite afin de fixer le souvenir de façon nébuleuse, de façon intime car ce qu'elle écrivait n'appartenaient qu'à eux:

Nuits farouches 224

Près du fleuve jaspé ourlé de cinéma
S'est alangui mon rêve subreptice
S'est épanouie ma sensualité actrice
"Unforgettable Louisiana"

Scène 1
Désir volute
Caresses peaufinées
Plaisir hirsute
Peaux fines caressées
Avide de ciel
Je dégrafe ma nuit

Scène 2
Chevauchée du héros
Au bruissement des cascades
Effet héroïne
Et délires en myriades

Le film se distille
En contre-plongées érectiles
Courbes douceurs force ardeur
Volupté sensuelle
Charme subtil
Deux jours de folie
Deux heures de nuit
Deux mois d'émois

Et 3 heures 11

Près du fleuve jaspé ourlé de cinéma
Le doute en la matière se dissipa.

Lilou ne savait pas lorsqu'elle écrivit ces vers qu'ils étaient prémonitoires et qu'actrice elle le serait... quelques mois plus tard...

Il lui fit part du fait qu'il aima, et qu'il était ravi d'avoir contribué à l'inspiration...

Surgies des entrailles de la machine après avoir suivi tout un dédale de connexions, les phrases suivantes firent leur entrée sur l'écran de l'ordinateur de Lilou, dans les yeux de Lilou, dans la pensée de Lilou, dans le cœur de Lilou, dans le sexe de Lilou:

"Lilou,
Ton corps tendu.
Toi. Écartée sur moi.
Mon désir en toi enserré de tes orgasmes multiples.
Parle moi.
T."

Après deux semaines de silence complet, ce fut ce dont Théo lui fit part: un désir apparemment ardent. Elle le reçut flèche enflammée. Elle aimait l'inattendu, surtout de cet ordre. Image brûlante. Elle se calqua alors sur lui et lui renvoya:

"Théo,
Mon intime profond, doux et inondé est incessamment prêt à accueillir ton désir.

Viens.
L."
Qui fut suivi de:

"Quand ma belle.
Quand vais-je clouer ton ventre et sentir ton intime encercler
le mien?
T."

La question laissa imaginer à Lilou une certaine difficulté quant
à la "maniabilité" de son emploi du temps et ses ouvertures,
plus qu'évident depuis leur rencontre. Mais aussi elle sentait
poindre à la fois l'envie toute puissante et la réalité difficile à
contourner. Le quelque chose qu'elle ressentait depuis le tout
début de leur relation prit forme: un immense tiraillement entre
deux choses à vivre.
Sans Lilou, avec Lilou. Et il en prit conscience très tôt,
contrairement à elle.

Sans Lilou c'était plus simple et déjà maîtrisé et en place. Mais
voilà il l'avait goûtée... Lilou c'est un peu une drogue, on
devient vite dépendant. La dépendance concept à surtout ne
plus inclure, surtout avec le type de vie qu'il avait choisi et avec
son contexte personnel.

Avec Lilou c'était excitant donc irrésistible compte tenu de sa
nature, mais aussi complexe sur deux plans: les contingences
matérielles quand, où: dégager du temps et trouver un lieu,
doublées d'un certain sentiment de culpabilité, même si le terme
est inapproprié car trop fort et trop moral, il reflète cependant
ce qu'il devait ressentir ajouté à cet autre sentiment qui ne
cadrait pas du tout avec son mode de vie: la dépendance. Alors
pour l'alléger il remettait la décision entre ses mains: "Quand

va-t-on se voir, décide, toi Lilou. C'est toi qui demandes alors et pas moi."

L'image érotique: "clouer son ventre" lui plut beaucoup et effaça quelque peu les pensées métaphysiques dégagées. Mais désormais elle avait compris et cela s'avérerait tangible dès leur prochaine rencontre, il avait pris sa décision ce sera... sans Lilou.

Elle se savait sacrifiée mais elle avait maintenant besoin de Théo, de lui elle tirait sa force de vie...

La décision qu'il prit de l'abandonner se concrétisa ainsi:

Pour le "quand" elle lui proposa un rendez-vous en fin d'après-midi et une soirée début de nuit, pour le "où" elle lui proposa un bar au bord de l'eau des plus romantiques puis un hôtel aux environs (Ne voulait-il pas clouer son ventre?).

Il acquiesça dans un premier temps, puis recadra. Il pouvait la voir en milieu de journée.

Ils se virent près du bar chinois où il lui confia qu'il n'avait que trois heures devant lui, trois heures à lui consacrer après il devait travailler avec Seb, il ne pouvait pas le laisser seul face à la tâche à accomplir, certes il préférait la laisser seule, elle...

Elle reçut un coup de poignard (ce qu'il voulait?) car cela ressemblait tellement peu à ce qu'elle aurait voulu vivre avec lui... À ce qu'elle avait programmé: le clou dans son ventre, Théo dans ses yeux... Sur le chemin il remarqua que ses collants dessinaient une jarretelle noire qui au rythme de la marche et des pas apparaissait et disparaissait. Il lui demanda si elle en était consciente. Pas vraiment non, il est difficile de se regarder marcher devant un miroir de 40 centimètres de large. Non Théo ce n'est pas fait exprès. Ce qui est fait exprès c'est le choix des dessous uniquement pour toi lorsque tu m'aurais déshabillée sur le lit de l'hôtel...

Le désir l'un de l'autre indompté qui se manifesta tyran, les amena après quelques tergiversations quant au où, dans une salle de cinéma. Titre du film : "La face cachée" Effectivement il y en avait une.

Quinze ans encore... Baisers passion, bouches douloureuses sous la force de l'échange, caresses osées, très osées. Ils s'embrassèrent encore et encore à pleine bouche, se dirent des mots doux et crus qui dépeignaient ce qu'ils auraient aimé vivre. Il la pénétra de ses doigts en lui demandant d'écarter ses jambes juste un petit peu plus... Il voulut voir ses seins et fut cette fois-là encore plus insidieux. Lilou avait ses dessous sans dessus dessous et totalement détrempés.

Soudain elle saisit l'amour, l'amour palpable en halo qui émanait de ses yeux qu'il avait pourtant fermés. Demi-vertige mêlé de bonheur et de perplexité... Lilou savait qu'il l'aimait, elle en avait l'instinct, mais cela ne s'inscrivait pas du tout dans le cadre de ce qu'ils étaient en train de vivre... Au creux de l'oreille de Lilou naissance de mots horizon bleuté:

"Tu sais, je ne t'ai pas encore montré tout le meilleur de moi."
Puis:
"Laisse-moi du temps, ne me plaque pas tout de suite, je vais m'occuper de toi comme tu le mérites."

Phrases qu'elle accueillit citron-pâte d'amande dans son cœur. Elle pensait: d'accord Théo, alors pourquoi tu me fais ça aujourd'hui? Pourquoi trois heures seulement? Pourquoi une salle de cinéma-refuge et non le confort d'un lit propice aux câlineries et aux mots forts? Pourquoi choisis-tu un tel moment pour me dire tout ça? Moment où j'ai le sentiment griffé et l'humeur triste à cause de toi?...

Est-ce-qu'en fait tous ces actes ne résumaient-ils pas la position de Théo dans leur histoire: "Lilou, voilà ce que je ressens, mais voilà ce que je peux t'offrir: un sourire poignée de secondes et un lieu de rencontre à tous vents, à tous gens."? Brefs instants d'intimité impossiblement savourés, juste volés à la vie.

Puis il lui fit une demande des plus étranges :
"Dis-moi quelque chose de gentil..." Elle lui avait demandé la même chose trois semaines plus tôt dans la chambre de l'hôtel lors de leur voyage ensemble et il avait répondu: "T'es sympa comme fille." Lilou jouit d'une excellente mémoire quasi informatique chaque détail, chaque phrase y sont engrangés et en surgissent à bon escient, alors sa réponse fut: "T'es sympa comme mec." Théo insista et réitéra sa demande mais Lilou apparemment ne répondait pas à ce qu'il escomptait.
Il allait la planter là dans la salle obscure avec ses sens émoustillés et horriblement frustrés (elle contrairement à lui ne faisait pas l'amour avec d'autres...) et en plus il voulait de doux aveux. Théo, l'égoïsme a des limites...

Lilou pensa qu'il voulait ainsi conclure leur histoire. Lorsqu'elle le vit disparaître au bas des escaliers, ses sentiments étaient mitigés terme faible s'il en est, elle avait à la fois plus du tout envie de le revoir et très envie d'être avec lui. Elle le rejoignit donc ainsi dans ses sentiments à lui. Une fois encore ils en étaient tous les deux au même point... Elle se rhabilla du mieux possible, remit sa conscience sur les rails de la réalité et sortit très dignement du cinéma. Elle pensait une fois encore qu'elle ne le reverrait plus jamais. Et pourtant quelques heures après:

"Ma belle,
Tu as mis le feu en moi.
C'était bouillant.
Embrasse-moi.
Théo."

"Je t'embrasse partout partout partout...
Lilou"

"J'ai eu l'impression de t'abandonner dans le cinéma.
Mille baisers brûlants.
Pense à moi
T."

Le "Pense à moi" signifiait en dernier résultat de l'équation:
continuons.

Il comprenait le mal-être de Lilou et son ébauche de décision de
ne plus jamais le revoir, comment pouvait-il en être autrement
après ce qu'il venait de lui faire vivre? Mais Lilou avait encore
besoin de sa force, de la force incommensurable en elle que
provoquait cet amour fou. Fou dans le sens d'insensé également.
Alors elle répondit avec sincérité:

"Théo,
Je m'endors, je pense à toi.
Je me réveille, je pense à toi.
Après le cinéma,
Promenade à la marina,
Coucher de soleil de feu
Je pense à toi
Mais s'il te plaît ne me laisse plus jamais seule dans le noir
avec plein d'inconnus et mes vêtements et mes pensées sans
dessous-dessus!
Je t'embrasse et te souhaite une douce nuit,
Lilou"

Le lendemain:

"Lilou,
J'ai rêvé de nos caresses,

De nos baisers brûlants.
De tes mots doux...
Bonne journée.
Théo."

"Bonne journée à toi aussi my love
L."

"Je t'imagine en train de caresser ton si joli sexe.
Je t'embrasse partout.
T."

"C'est parfois triste de n'en rester qu'à l'imagination...
Bon alors une autre image pour toi.
Je passe ma langue sur mes lèvres avant de la poser délicatement sur ton sexe et de la faire glisser lentement... très lentement...
Capito?
L."

"Ahhh Lilou,
Capito!
Donne-moi d'autres images qui te viennent."

"Actuellement je suis très mouillée et je meurs d'envie que tu me pénètres tel que tu me l'as décrit hier..."

"Mouille pour moi ma belle...
Décris-moi comment tu veux être pénétrée."

"Avec beaucoup de délicatesse tu enfonces ton sexe en moi afin que je ressente le moindre millimètre de ta peau puis avec beaucoup de ta force et je veux tes yeux dans les miens."

"Je suis en toi.
Je vais et je viens dans ton sexe trempé.
Je veux t'entendre.
Sentir tes ongles sur mon cou.
Je te regarde passer ta langue humide sur tes lèvres."

"Et aussi mordre mon doigt pour ne pas hurler de plaisir!"

"Hurle ma belle!
Lilou?"

"Oui..."

"Je te veux"

Elle ne put s'empêcher de repenser à sa question de linguistique... Je t'aime traduit de l'espagnol "Je te veux".
Voile de pudeur sur le "Je t'aime" lumière trop crue. "Je te veux" avait de prime abord une évidente connotation sexuelle, mais elle connaissait la sensibilité et la subtilité de Théo...

C'était la première fois de sa vie qu'elle recevait par le biais de la technologie un aveu foulard de soie sans regard et sans voix. Il en prit donc une tout autre valeur. Pas moins forte qu'une déclaration face à face, juste bien différente. Lilou ressentait à la fois une bouffée de bonheur et une retenue de pensée en profondeur (cœur en plaine...). Elle l'imaginait devant son ordinateur attendant... en espagnol: "espérant" sa réponse. Auprès de lui, elle aurait plongé ses yeux dans les siens et elle l'aurait embrassé... en espagnol: "baisé". L'ardence ("l'ardeur" est moins joli) brillait dans la langue des peuples du sud. Alors elle voulut lui montrer qu'elle avait choisi la vague sexuelle surfant sur le même lexique que le sien et donc sur la même planche d'amour, et elle lui répondit instantanément :

"Prends-moi je suis pour toi!"
La correspondance informatique offrant ce luxe de la spontanéité
trahison de l'intime pensée qui ne peut se modifier. Une fois la
touche pressée, c'est écrit à tout jamais... Fi des regrets...

"Je te prends toute entière ma Lilou."

"Penser exprimer agir"

"Quand?"

"Quand?" Lilou reprenant la question évita ainsi le piège de la
décision pour le plaquer au pied de ses choix. Il ne fallait pas
car cela entraîna la cassure:

"Très vite!!"

Décembre aveux

LA RÉPONSE LA DÉPITA, mais il ne mentait pas ils firent l'amour deux jours après... Ce fut Théo cette fois qui organisa la rencontre.

La veille:

"Lilou,
Où es-tu?
J'ai pensé à toi toute la nuit.
J'ai envie de toi.
Et toi?
T."

"Théo,
Moi aussi j'ai rêvé de toi. Tu as tatoué tout mon corps avec ton prénom en lettres capitales brun-rouge et tu m'as demandé de changer de nom...
Je t'embrasse.
Lilou"

Lorsqu'ils se rencontrèrent, ils évoquèrent ce rêve. Les détails de la vie... Lors de leur voyage commun, il y avait eu un mariage dans l'hôtel qui eut lieu un vendredi soir. Son rêve: une demande en mariage selon Théo... Non Lilou n'y pensait pas du tout... Trop de mariages dans sa vie déjà, elle voulait autre chose... Mais constatait...

"Tu rêves fort toi!!
Demain ma belle je te fais l'amour. Embrasse-moi dans le cou!
Théo."

"Je t'embrasse où je veux d'abord! L."

"Où ça alors?"

"Tu verras ça demain... Quelque chose de chaud hum...
Lèche-moi!"

"Je te lèche entre les cuisses. Ton sexe doux et mouillé."

"Délectable!!!!"

"Et toi? J'aime quand tu es chaude comme ça. Mouille mon
visage avec ton sexe. Je voudrais que tu me prennes dans ta
bouche en même temps."

"Je te prends dans ma bouche et m'applique à te donner le plaisir
le plus intense tandis que tu traites mon intimité avec déférence
et tu t'appliques à m'offrir des myriades d'orgasmes."

"Prends-moi dans ta bouche. Décris-moi ce que tu fais et
n'oublie pas que je te regarde."

"Je préfère que tu t'occupes de moi d'abord, assouvie je suis
plus performante!"

"Je lécherai ton vagin et tes lèvres..."

"Par exemple mais encore?"

"Je défroisserai ton sexe avec ma langue et goûterai l'amertume de tes chairs... Je darderai ton clitoris avec ma langue humide..."

"Théo, l'image s'avère très efficace et je t'embrasse tendrement (On en oublierait presque la tendresse...). À demain? Lilou"

"On peut mettre de la tendresse dans le torride. Je te montrerai demain. Mille baisers mon entêtante conquête..."

Et le jour-même de leur rendez-vous, dès le matin:

"Chère Lilou,
Nos joutes érotiques d'hier t'auraient-elles rendue muette?
Je t'embrasse... Tendrement.
Théo avec un point."

Soleil doux sourire des lèvres et du cœur. Théo la comblait par son désir de contacts textuel et sexuel. Par son envie de la séduire amoureusement. De lui rappeler comment il était entré dans sa vie et qu'il le revendiquait. Lilou était bonheur-rayon. Les rôles s'inversaient, elle était toujours avide de ses mots et c'était lui qui réclamait les siens.
L'amour essuie-glace... Théorie qui métaphoriquement explicite qu'en amour lorsque l'un s'éloigne quelque peu l'autre le suit et réciproquement comme les essuie-glace qui effleurent tour à tour le pare-brise.
Théorie qui démontre ainsi l'amour jamais atteint... Subtil. Malgré le contexte brut. Avait-il pressenti l'idée de ne plus le revoir, jamais, qui avait quelques instants pointée en elle?

Ce mois de décembre vit leur relation se faire galet de plage lissé par des vagues empreintes de tendresses et d'ardeurs. Y croire?

Oui c'est trop bon, l'amour est une force en soi qui projette une force en soi. Lilou le vivait. Jamais elle n'avait ressenti une telle puissance qui pouvait la pousser à agir avec confiance, tout cela grâce à lui, grâce à Théo. Et même si parfois il la faisait souffrir, c'était broutille comparé au cadeau qu'il lui offrait: elle était au summum d'elle-même et lui en serait reconnaissante sa vie durant. Car ce fut le moment où Lilou prit une décision irrévocable dont Théo fut l'instigateur probablement malgré lui.

Elle lui répondit:
"Muette" est vraiment un adjectif bien mal choisi, je dirais: en expectative plutôt fiévreuse...
Je t'embrasse goulûment.
Lilou avec des points de suspension"

"Embrasse-moi à pleine bouche...
J'aime sentir ta langue..."

"Théo,
Désolée dans l'état où je suis le virtuel manque de piquant...
Je t'embrasse exactement comme tu veux mais tu ne sentiras pas ma langue avant ce soir.
L."

"Dans quel état es-tu?
Sens-tu comme je le sens une excitation intense?
Une chaleur qui envahit le bas ventre et fait pleurer ton sexe d'impatience?"

"Description extrêmement fidèle de la réalité. Tu me perçois parfaitement bien. Mon sexe pleure depuis que je te connais mais l'impatience fait redoubler les pleurs... Sur ce plan goood move de ta part: retarder l'instant et le rendre ardent."

Ils s'écrivaient rimes poétiques. Dictées par un cœur à l'unisson?

"Sens-tu ce désir qui tord ton ventre et fait mouiller ton intimité offerte.
Je voudrais t'y voir plonger les doigts et les porter à ta bouche pour savourer le goût intense de tes chairs..."

"Scène déjà tournée cette nuit, dommage t'étais pas là..." [La "provoc" toujours qui se voulait excitation piquante.]

"Garde cette fièvre au creux de toi pour la fin de journée.
Vers quelle heure pourrons-nous nous embrasser passionné-ment? J'ai hâte de combler ces points de suspension..."

À ce moment précis on pouvait dire que leur relation était à son acmé, qu'ils étaient tous deux écho. L'un résonnant de convoitise passion en l'autre. L'autre résonnant de désir fusion en l'un.

"Donne-moi un peu plus d'informations sur ce que tu as prévu et je te suivrais au bout du monde à partir de 16, 17, 18 heures comme il te sied. Cela me fait tellement de bien de ne pas avoir de décision à prendre et juste de te suivre, cela ne m'arrive jamais. J'ai tant hâte de te voir... L."

S'ensuivit la réponse la plus caressante qui soit pour Lilou. Il évoquait ce qu'elle attendait tant, ce qu'elle attendait trop... C'était un e-mail délectation comme il lui arrivait de lui en écrire: perle huîtrière... sauvage et rare :

"Laisse-toi aller ma belle...

Prends ma main et ne pense à rien.

Je t'enlève vers 18 heures. Je vais trouver un motel où nous pourrons faire l'amour.

Je me coucherai sur toi et te couvrirai de baisers.

Sois prête.

Sois désirable comme toujours.

Il me tarde de caresser ton corps, de baiser ta bouche, d'entendre tes mots... T"

"...foutre le bordel dans ma vie..." Il le lui dit quelques mois plus tard, mais cette assertion était déjà en vie depuis longtemps et se fit pointue ce jour-là.

Deux messages sur le portable de Lilou qui pouvaient se résumer ainsi: retard et freinage.

Le passage à l'acte, le concret posait à Théo deux gros problèmes, l'un d'ordre matériel, l'autre d'ordre moral sûrement difficiles à vivre mais... Lilou t'attend, tu as envie d'elle, elle a envie de toi, tu lui as donné une parole. Tiraillement des plus détestables. Alors s'égarer, l'humeur moyenne, entre les racines de son existence forgée et les ramures de sa liberté dérobée.

Quelques semaines auparavant Lilou fut attirée par une enseigne prometteuse devant une de ses boutiques préférées dans laquelle elle faisait l'emplette de ses chaussures. Tout y était soldé à 70%. Une heure devant elle... Oh juste un petit coup d'œil... Comment résister au shopping dans de telles conditions. Quant aux chaussures, pas assez originales, un brin trop classiques, bof regard furtif alentour. Soudain une dentelle noire qui dépasse, cachée tout au fond derrière des tas de fanfreluches. Tiens intéressant, c'est une combinaison en dentelle qui ne laisse rien échapper des formes du corps. Peut-être cela plairait-il à Théo... Pas le temps d'essayer, le prix, c'est donné.

Rentrée chez elle, lorsqu'elle l'essaya, grande surprise. Il fallait la rapporter, elle avait un défaut, un grand trou là juste à l'entre-jambes. Peut-être serait-il possible de le recoudre, car dans l'ensemble c'était seyant... Lorsque soudain... Elle comprit. Sa naïveté la fit rire.

Alors là oui Théo va a. do. rer... C'était la surprise qu'elle évoquait:

Il se faisait pressant lui disant que ce qui le rendait fou c'était qu'elle lui décrive tout. Elle lui renvoya l'e-mail suivant:

"Ce soir tu auras tous les détails plus l'image, un peu de patience my love..."

Il fut bref:
"?"

"D'abord j'ai autre chose à te montrer (une petite surprise) que mes mots pour te rendre fou, niveau visuel je pense que tu apprécieras.
Et si tu veux des mots, tes descriptions d'hier furent d'une inspiration débordante pour atteindre un orgasme d'une rare intensité."

"Tu me rends fou.
J'attends de voir ta surprise.
Découvrir tes dessous.
Découvrir tes chaussures.
Te découvrir mais pas trop.
Embrasse-moi ma belle."

"Je t'embrasse encore et encore et encore...
À très vite. L"
"Je veux sentir ta langue partout sur mon corps.

Dans mon cou, sur mon oreille, t'entendre murmurer des mots érotiques en caressant mon sexe... Voir ta bouche tendue, te voir perdre pied, redemander encore...
Je t'attends...
Je te veux."

"Moi aussi je te veux.
À ce soir, je ferai ce que tu m'as demandé.
L."

"Offre-toi à moi Lilou.
À ce soir."

L'écrit-écran, réel-virtuel ne posait aucun problème, à l'abri tous les deux, seuls et face à face par écrans interposés, pouvait alors s'exprimer et se laisser aller tout ce flot de pensées érotico-tsunami. Technologie bienveillante qui élance la terminologie envoûtante...
Devant le motel, c'était différent... Toujours ce sentiment diffus de gêne...
Mais en effet, elle s'offrit à lui...
Dans la chambre malgré un chauffage expressif et des rideaux de par ce fait indomptés, l'envie se fit rutilante.
Ils se parlèrent beaucoup cependant cette nuit-là... Mais avant, "la surprise". Il la voulait.
Dans la salle de bains au néon peu zélé et blafard, elle enfila maladroitement, car pressée, la dentelle et passa les talons aiguilles. Ainsi parée, elle se présenta à ses yeux et l'effet fut immédiat. Il s'enfonça en elle d'un coup, sans préambule aucun et elle adora. Sentir cette chaleur d'homme tout au fond d'elle sans l'avoir vue venir lui était plaisir décuplé... Elle ressentit rapidement ses premiers orgasmes qui donnèrent lieu à ce qu'il aimait tant: son sexe était soumis à des caprices-serrements

réguliers comme des battements de cœur, ce qui entraîna sa jouissance chaleur-miel qui décora l'intérieur de son ventre.

Il avait sa manière à lui, qui la surprit la première fois, d'empoigner ses cheveux tout en lui faisant l'amour. Bien que cela paraisse quelque peu primitif et violent, il savait prodiguer un art de douceur, de volupté et de savoir faire pour cet acte de pleine possession curieusement absolument indolore, au contraire, qui déconcerta tout d'abord Lilou, puis lui plut. Son geste était dualité domination et adoration, force et tendresse. C'est du moins ainsi qu'elle voulut le ressentir. Particularité totalement sienne, jamais connu cela auparavant.

Elle lui prodigua des égarements perte des lieu et temps, grâce à sa bouche qui s'ouvrait délicatement sur son gland y glissant tour à tour sa langue et ses dents effleurements divins, y trouvant des points d'accostage qui le chavirèrent bateau-tangage, avant de le faire jouir encore, au fond de sa gorge.

En fait, et une fois encore elle n'en avait pas eu conscience, cette combinaison permettait de faire l'amour tout en ne dévoilant pas complétement le corps mais en en devinant la pointe des seins rosée et érigée au travers de la dentelle, les jambes infinies gainées ainsi et encore prolongées par les escarpins à talons aiguilles, attraits des plus tentateurs pour un regard masculin. Elle permettait aussi la passion, se jeter sur l'autre sans même prendre la peine de dévêtir. Ils se confièrent l'un à l'autre faisant tomber encore quelques voiles de leur vie intime. Puis ils reprirent les câlins et les caresses, les mots crus et les mots doux, les gestes-volupté. Langue errant sur la peau. Sperme sur les lèvres. Sexe humide et avide de sens: vue et toucher.

Il lui avoua inattendu: "J'aime ton odeur." Mots tout imperceptiblement susurrés comme une pensée mise à jour, mise à nue un peu trop vite et qu'il aurait voulu retenir... Elle se remémora sa veste en cuir et son odeur à lui... Même sensibilité des sens...

Puis il lui demanda de mettre son visage sur l'oreiller tout près de lui et il lui dit:

"Tu as des sentiments pour moi n'est-ce-pas, j'aimerais que tu me le dises, juste comme ça, même si c'est pas vrai."

Lilou lui rétorqua qu'en la matière, elle mentait rarement et elle déflora de la façon suivante ce qu'il attendait, tant elle fut surprise de sa manière d'aborder un sujet à la fois aussi fort et aussi délicat tel que d'avouer son amour :

"Tu attends que je dise que je t'aime donc? Eh bien puisque tu le veux: je t'aime."

La seule chose qui la trahit à ce moment-là fut que ce disant, elle le regardait droit dans les yeux. En eut-il conscience?

Il lui avoua qu'il disait et avait rarement dit ce genre de choses mais qu'il aimerait le faire, ce à quoi elle lui renvoya:

"Ne te force donc pas, laisse tomber."

"Si, laisse-moi, je dois, je veux y arriver..."

Après quelques secondes d'hésitation, ses lèvres laissèrent passer les mots tabous:

"Je t'aime" émis dans un souffle ému et incertain...

Alors l'humour pour dissiper le trop plein d'émotions:

"Voilà t'es contente maintenant?"

"Heureuse." répondit-elle.

"Alors heureuse...?" surenchérit-il histoire de rire de par le galvaudage... Terme d'ailleurs qu'il évoqua en se trompant de vocable l'émotion aidant, il lui spécifia que de nos jours

"je t'aime" était une expression "galvanisée". Le "gal..." était correct, la suite moins... Et pourtant à bien y réfléchir l'amour est un sentiment galvanisé, surtout entre eux deux...

Il la quitta avec un "À bientôt." comme d'habitude avec exactement le même regard où se mêlaient regret et espoir, alors qu'elle évoquait le fait d'arrêter là leur relation puisqu'ils ne se verraient pas pendant deux mois... Elle savait très bien ce que la cellule familiale si longtemps fréquentée, et lui si loin d'elle, engendreraient...

Elle entra dans sa voiture le cœur entre deux eaux, amour et point (encore lui).

Sa maladresse quant à leur "je t'aime" échangés l'avait beaucoup touchée. Difficile pour lui d'être le premier à le dire. Insécurité. Lilou durant toute sa vie avait eu une cour masculine autour d'elle, elle apprit vite à se défendre contre les assauts... Et n'y allait jamais par quatre sentiers pour combattre et éloigner "les prétendants". Assez abruptement parfois. Plus subtilement d'autres fois ou carrément rudement. Plus rarement. Survie. Harcèlements à juguler. Théo et elle ne partageaient pas cet état de fait. Le rejet pour un homme devait sans doute érafler l'ego bien profondément... Lilou n'avait connu cela que deux fois dans sa vie et elle s'en était accommodée, car cas rares. Mais elle pouvait comprendre. "Théo sans point" aurait peut-être subi le même sort, un rejet subtil. Cependant elle pensait qu'avec ou sans point il lui aurait, sans aucun doute, plu... Connivences de tête et de corps indéniables. Mais voilà trois mois après leur rencontre, il fallait songer au mot fin.

Leur histoire cette fois-ci était bien finie, elle n'en avait pas envie mais c'était inéluctable. Le vieil adage dit : "Loin des yeux, loin du cœur." Comme toutes les maximes c'est à la fois vrai et faux à parts égales. Mais elle savait que loin des yeux auprès d'un autre cœur et d'un tout petit autre cœur, alors son cœur à elle s'éloignerait...

Elle avait raison, il lui revint différent...

Le lendemain, ce fut elle qui prit les devants pour le rassurer. Elle lui signala: sentiments pour lui, mais pas de bordel dans sa vie. Cependant qu'il réfléchisse bien à ce qui se passe entre eux: exceptionnel et les opportunités ne se représentent pas si souvent. Elle l'embrasse... Très tendrement et lui souhaite tout le meilleur possible. Petite queue de sirène en forme de final... Juste pour le tester... Hélas il lui répondit:

" Lilou,
Merci pour tout.
Je t'embrasse tendrement. Sois libre. Tu le mérites.
À bientôt.
Théo"

Elle interpréta le "Merci pour tout" et le "Sois libre" par "Je te quitte" sans doute guidée par le sentiment de fin qui clignotait dans sa tête, en fait ce qu'elle craignait le plus... Et encore et toujours le "À bientôt" de Théo... galvaudé... Elle n'y croyait donc plus. Et par dessus tout il avait oublié le point après son prénom, comme un autre augure de fin. Le baiser tendre n'avait même pas été effleuré tant les autres mots l'avaient aveuglée.
Elle avait juste oublié de son côté qu'elle lui avait confié qu'elle allait quitter son mari... "Sois libre" était peut-être un encouragement à le faire et comme une approbation de sa part. Elle ne l'avait pas perçu ainsi et alors elle lui envoya ce message plein de colère puisqu'il la rejetait:

"Permets-moi juste une petite correction: pour moi "Théo" ça se signe ainsi: "Théo." un point c'est tout! C'est vraiment tout! L."
Elle souhaitait ainsi mettre fin à leur histoire par où elle avait commencé...

Pratiquement tout de suite après:
"Lilou,
Ça va?

Je pense à toi.
Ne m'oublie pas.
T."

Qu'exprimait-il? "Continuons, rien n'est changé entre nous."
"Tu es dans ma tête, laisse-moi dans la tienne."

Alors une fois encore malgré les algarades (terme impropre mais à dessein), malgré les prémices de rupture ayant eu lieu sous forme écrite et sans face à face, donc peut-être ainsi plus faciles à ignorer, le mois de décembre donna lieu entre eux à un échange plutôt estival que hiémal... Leur sexualité éployée se jouait écran feux d'artifice de plus en plus enflammé de termes crus et sirupeux, d'images excitantes et vives:

"Théo, j'aimerais revoir notre mix tendre-torride en plus lâché...
Je t'embrasse dans le cou. L."

"Ma Lilou toute excitée,
Que veux-tu savoir? Je veux te prendre par derrière. Porte tes belles chaussures à talons et cette combinaison en dentelle noire qui moule ton corps.
Attraper ta taille, regarder ton si joli cul aller et venir sur mon sexe.
Sentir ton vagin multi-orgasmer sur mon désir fouillant ton intimité trempée. Entendre ta voix murmurer "Encore!" dans un souffle.
Attrape-les ! Fais-moi sentir tes ongles!
Demande-moi plus fort, plus profond, plus...
Et toi?
Je t'embrasse profondément sur toutes tes lèvres."

"Moi? Ton programme m'enthousiasme beaucoup, cependant

j'y ajouterai en vrac...

Une position qui porte comme intitulé un nombre on ne peut plus visuel...

Je brûle d'envie de sentir ta jouissance en moi et de jouir avec toi.

Jouer avec le désir et les mots subtils.

Amuse-toi à vagabonder sur mon corps afin d'en découvrir mes zones érogènes.

Que tes yeux servent d'aphrodisiaque... Je te prends dans ma bouche et te caresse avec ma langue et mes dents. L"

"Ma sexy poupée,

Écarte-toi devant moi. Montre-moi ton sexe humide. Introduis deux doigts dans ta vulve trempée et masturbe-toi en caressant ton opulente poitrine.

Mets ton doigt imprégné de ta cyprine dans ta bouche. Suce-le comme ma queue, de la braise plein le regard. Parle-moi la bouche pleine de désir. Demande à sucer mon sexe. Tu me fais bander..."

"Aurais-je trouvé mon maître en matière de débridement? J'avoue que tu fais fort mais c'est très très... trouve l'adjectif toi-même. Un petit mot doux après tout ça?"

" Je t'embrasse tendrement... On peut faire les deux... T'ai-je choquée? Excitée? Les deux? Penses-tu à moi? À quoi? Comment?

Dis-moi."

Aucune réponse de Lilou... Théo pensa qu'il lui fallait reformuler l'e-mail, peut-être ne lui était-il pas parvenu... Cependant, il le modifia, le rendant un peu moins... sexe:

" Je t'embrasse tendrement ... On peut faire les deux... T'ai-je choquée? Excitée? Les deux? Dis-moi."

Toujours pas de réponse... Alors:

"Lilou, t'es là?"

Toujours rien...

"Lilou?"

Être coincé devant un ordinateur "muet" devait avoir un côté quelque peu déstabilisant, une impuissance moqueuse se dégageant de la situation... Tout le confort qu'offrait cet échange possédait un revers d'égale teneur.

Des mots sans visage... Des lettres et des pensées à déchiffrer... D'écran protecteur complice, il pouvait passer à écran ennemi agaçant.

En fait, beaucoup de questions dans la tête de Lilou... Pourquoi continuer ainsi? Elle ne le verrait (peut-être) que dans un mois au mieux... Elle se sentait "utilisée" juste pour son excitation et après il faisait l'amour avec d'autres... D'où ses incessantes demandes de tendresse.

Pas de jalousie du tout. C'est un sentiment que Lilou ne fréquentait plus guère, elle avait failli en mourir il y avait longtemps, alors depuis son cerveau avait congelé ce sentiment-nuisance afin de survivre.

Voie sans issue. Amour condamné et inutile. Inespoir total. Théo... Oublier et c'est tout.

Aussi, ce même jour elle avait informé son mari de son intention de le quitter. Mission accomplie. L'amour qu'elle portait à Théo avait atteint le but. Elle se rendait libre, mais prit conscience que ce n'était pas pour lui qui ne l'était pas...

Elle se sentait aussi toute bouleversée. Encore des changements dans sa vie. Arbre qu'elle déracinait encore pour le replanter ailleurs. Maintes fois déraciné cet arbre malgré un feuillage dense et luisant commençait à s'affaiblir...

Lilou tourna et retourna le problème dans sa tête... Perdre Théo... si difficile... L'amour avec lui... Perdre cela...

De lui, elle tirait force et énergie. Elle ressentait son amour qui la magnifiait. Son amour qui lui donnait le courage d'encore une fois tout recommencer. Alors elle décida de continuer mais avec un certain détachement juste pour ne pas trop souffrir, ne pas trop ajouter de charges sur ses épaules déjà bien alourdies. Pour la première fois depuis lui, elle se sentait triste. Et puisqu'il ne la voulait que sexe, elle garderait au plus profond d'elle cette amertume.

Elle tapa sur le clavier inerte et pourtant si puissant d'expressions vivaces:

"Oui. À cette heure-là je dors... Maintenant je suis réveillée alors si tu es là on peut discuter un peu avant que je ne parte travailler."

Apparemment il n'avait pas lu dans ses pensées...:
"Dis-moi quelque chose qui me turn on."

"Je te suce."

"Tu me regardes dans les yeux?"

"Oui toujours."

"Ton regard noir charbon.
Ta bouche écarlate.
Tes lèvres qui enserrent ma...?"

"Queue?"

"Quel est le mot que tu préfères?"

"Le sexe de Théo."
Lilou entendait lui signifier ainsi: "Tu es unique pour moi, c'est ton sexe parmi tous les autres que je préfère..." Expression rhizome de l'amour. Piètre botaniste, il ignora le sous-jacent pour mieux glisser dans l'indécent excitant.

"Très prude!"

"OK ta bite!"

"J'adore quand tu le dis. Aimes-tu me le dire? Rends-moi fou."

Théo s'il te plaît, fais attention, comprends-moi, aide-moi, ne sois pas tant égoïste...

"J'aime ta bite."

"Aime-la ma belle! Prends-la dans ta bouche!"

"...Et j'enfonce mes longs ongles rouges là où tu aimes."

"Où? Dis-le moi!"

"Sur tes couilles."

"On! Encore!"

"Je suis sur toi, je te sens bien, tu glisses dans mon intimité détrempée et j'imprime à mes hanches des mouvements amples et rythmés qui me font te ressentir au plus profond de moi. Je vais jouir."

"Aaaahh Lilou, je sens tes ongles sur mes couilles. Encore! Décris-moi ce que tu portes aujourd'hui."

"J'ai une mini-jupe en daim noir avec des bas opaques et des bottes à talons avec un t-shirt bleu échancré, une veste en daim et une écharpe dans les bleu et argent."

"Magnifique. J'imagine tes cuisses. Je veux voir ces bottes! Parle-moi de tes dessous."

"J'ai passé la combinaison de dentelle noire que tu aimes tant."

"Dis-moi ce que tu as ressenti en l'enfilant."

"Théo, il faut que j'arrête là notre érotique commerce pour aujourd'hui. Mais avant que je ne parte travailler, j'aurais aimé tes mots doux (sauf si c'est pas des vrais) pour contre-balancer l'esclave sexuelle que je ne veux pas seulement être.
Lilou"

"Lilou je ne te considère pas comme une esclave sexuelle. Je te couvre de baisers. Je te serre dans mes bras et je noie mon visage dans tes cheveux.
Lilou tu es là?
Tu me manques.
Théo."

"Tu me manques." Amour-drogue. Murmure de mots-bahamas

comme le bruissement de son visage dans ses cheveux...

Première fois qu'il l'évoquait... Lilou lut et relut la phrase pour qu'elle la noie d'espoirs.

Il avait envie qu'elle soit près de lui, et elle s'en persuada en prenant la démonstration théorique suivante à rebrousse-poils... Car cette théorie était en feuille de brouillon dans un coin de son esprit, déjà ébauchée:

Lorsque l'on doit oublier un amour impossible ou envolé, il faut faire une cure de... désintoxication, renier l'amour-drogue. Ne plus fréquenter les endroits-souvenirs, ne plus obéir aux tentations: lui téléphoner, lui écrire, se couper d'absolument tout ce qui peut entraîner sur la pente qui s'ouvre sur l'arrache-cœur.

Pensées indomptées à assujettir. Amour-ennemi. Assommé, bâillonné et anesthésié au fond du cerveau afin qu'il meure peu à peu le temps passant aidant.

Prenant cette théorie a contrario elle prouvait donc bien: Théo aimait Lilou puisqu'elle lui manquait...

Or combien de temps un amour tout neuf, tout chiot fou, tout fusion-sexe-délice était-il capable de résister aux flux et reflux de la vie?

Deux mois, deux longs mois où elle ne serait que halo de pensée et fantasme sublimé. Virtualité aquarellisant la réalité.

Lilou aimait trop cet amour pour le laisser s'échapper, a fortiori le laisser mourir.

Au soir ombrifère, elle lui écrivit:

"Théo,

Je dois t'avouer un truc...

Qu'est-ce-que tu m'as fait?

Je pense au sexe (nous) au moins 50 fois par jour (stat. la norme c'est entre 4 et 7 fois par jour pour une femme moyenne, que je ne suis pas, et 17 à 20 fois pour un homme).

Je me sens très sexy (juste pour toi) et je le vois dans le regard des hommes (même des jeunes, tu as raison, j'y fais attention depuis que tu me l'as justement mentionné).

En plus je mouille tout le temps, j'en ai même peur que ça se voie.

J'aime te combler sexuellement (pour nos joutes érotiques, demande-moi ce que tu veux...)

J'aime tes tendresses et tes mots crus, tu le peux si tu te sers des deux. Et aussi il n'y a que toi qui déclenche tout cela en moi.

Je lèche voluptueusement ton sexe dardé vers ma bouche, Lilou."

"Lilou,

Ton e-mail m'a mis en émoi.

J'adore que tu me dises tout ça. Savoir que tu mouilles tout le temps pour moi me remplit d'aise. Si je mets le feu à ta mémoire, je suis content.

Je me suis masturbé longuement cette nuit en pensant à toi. Ton regard de braise. Tes courbes incendiaires. Les chairs de ta vulve. La douceur de ta voix et de tes seins.

Oui tu es extrêmement sexy. Tu es mon fantasme. Je te regarde ma belle et je te désire.

J'ai envie de tout avec toi. Te voir te lâcher. Jouer ensemble de nos désirs. Aller loin.

Allonge-toi sur moi. Couvre-moi de baisers torrides et murmure-moi toutes ces douceurs à l'oreille.

Tu es magnifique. Pense à moi. Ne m'oublie pas. Écris-moi tes fantasmes.

Théo."

Rien à faire, rien ne pouvait entraver ce flot d'érotisme entre eux même si tout était impossible... Adjectif balayé par cette force-impulsion irrésistible...

Ce n'était pas à sa mémoire que Théo mettait le feu, Lilou

n'aimait pas vivre en arrière, c'était plutôt en pensant à comment ils allaient encore jouer avec leurs corps afin d'en tirer le maximum d'extases lors de leurs prochaines rencontres, que Lilou subissait cette excitation constante.

Les fantasmes de Lilou...

"Théo déguste-moi, prends ton temps... Passe ta langue sur ma peau. Dévore-moi. Invente des milliers de caresses pour moi. Demande-moi ce qui t'excite le plus. Prends-moi comme aucun autre ne l'a fait..."

"Lilou,
Je veux t'entêter, être entre toi, même de loin, pour te sentir folle de désir lorsque tu me reverras.
Je vais te posséder, te fouiller de mon désir ardent, pénétrer tes chairs offertes chaudes et humides!
Où veux-tu que je pose ma bouche?"

Lilou savourait les descriptions de Théo si criantes de réalisme; ils avaient vécu ce qu'il écrivait... Images-souvenirs qui enivraient et électrisaient les pensées de Lilou. Il savait jouer avec les instants, quémandant le dialogue pour nourrir l'excitation de sucreries léchées et gardées en bouche pour faire durer le plaisir.

"Ne la pose surtout pas, laisse-la flirter avec mon corps, frôler et mordre, murmurer et baiser, s'emplir de moi, de toutes ces chairs petits bouts de moi qui se tendent vers elle, avides de sa moiteur."

"Je me sers de ma langue comme de ma queue.
Je te pénètre avec. J'écarte tes lèvres avec mes doigts pour aller

plus loin avec ma langue. Je m'enivre de tes effluves intimes...
Tu mouilles énormément.
Demande-moi de te lécher encore!"

Presque le déroulement d'un film, Théo savait jouer avec les images afin de les amener à leur sublimation visuelle. Précision et impact inégalés.

"Théo en réponse à une de tes questions, sache qu'en enfilant cette combinaison je me sens femelle jusqu'au bout des ongles, ma sensualité est exacerbée. J'ai hâte de sentir ton regard sur moi, tes mains sur moi, ta bouche sur moi, ta queue en moi. La peau de mes seins et de mon sexe effleurée et exaltée par la dentelle est préparée à tes caresses les plus osées."

"Encore!
J'adore quand tu dis que tu te sens femelle. Ça excite mon appétit de mâle. Je voudrais te couvrir en t'écoutant gémir...
Sois chaude, sois femelle, ma femelle...
Dis-moi ce qui te rend folle.
Perds pied.
Ne maîtrise plus."

"Dis-moi d'abord comment te rendre fou."

"Cette dentelle noire.
Tes bottes à talons aiguilles.
T'agenouiller devant moi.
Être dans ta bouche en caressant tes cheveux.
T'entendre gémir."

"Théo quelque chose de chaud s'il te plaît..."

"Demande-moi de te prendre par derrière... Un doigt entre tes lèvres et l'autre dans ton sexe...
Cambre-toi.
Caresse-toi devant moi.
Sers-toi d'un sex-toy."

"Laisse aussi se promener ta langue sur mes cuisses et fais-moi mourir de désir..."

Tous deux aimaient l'amour de la même façon, tous deux l'exprimaient œil-scalpel et sens-égérie offrant et recevant tour à tour, si loin l'un de l'autre par la distance, si près l'un de l'autre par l'attirance.

Le lendemain:

"Théo, aujourd'hui je porte des chaussures à petits talons avec trois brides au-dessus de la cheville, des collants en dentelle noire, une jupe noire courte en laine vierge, un pull en cachemire noir moulant et décolleté avec un caraco en dentelle qui voile la naissance de mes seins. J'ai pour sous-vêtements un soutien-gorge dit pigeonnant... en velours bordeaux qui magnifie la blancheur et la rondeur de ma peau et de mon corps, et un string assorti qui peine à effacer ton pouvoir de pluie...
Je te lichouille l'oreille.
Lilou."

"Magnifique!
Tu es belle ma Lilou.
Pense à moi quand tu tortilles ton joli corps sur tes talons. Tu es élégante et TRÈS attirante."

"Je pense à toi tout spécialement lorsque je m'habille et me

parfume. Je te veux fou de tout de moi.
J'aime tes mots forts et tes mots doux, je t'embrasse my love"

"Ne m'oublie pas dans tes rêves Lilou..."
"Encore un mot ma belle. J'aime te voir fermer les yeux quand
je t'embrasse. Tu embrasses tellement bien.
J'aime ta langue sur la mienne.
J'enlace ta taille. J'adore ta taille fine. Tes hanches."

Lilou aimait la sensibilité profonde de Théo, il la retenait mais
elle ne résistait pas aux charmes de Lilou... Et elle le savait.
Empirique, les hommes s'accordaient quant à son irrésistible
féminité.

Deux événements pour ponctuer cette fin d'année: nouveau
nid de Lilou. Rencontre d'un ami de Théo.

Janvier lunatique

THÉO SE FIT TOUR À TOUR lointain et câlin, proche et distant durant ce mois de janvier qui fut si capital dans la vie de Lilou. Elle avait même l'impression que parfois, il lui répondait par déférence comme pour ne pas ignorer toute la chaleur qui se dégageait de ses écrits mécaniques et incarnés.

Sans doute vivaient-ils tous deux des moments antipodes. Seuls trait d'union, des e-mails sensuels et sexuels, d'un érotisme fluo.

C'étaient pourtant des instants de vie pendant lesquels Lilou s'appuyait pesamment sur l'unique soutien de son existence pour l'heure: Théo. Soutien virtuel donc soutien moral. À sens unique.

Il lui en fallut du courage et de la force pour déménager seule, et s'installer seule, et dormir seule, et pleurer seule et ne compter que sur elle-même. Habitude certes, mais il est des moments où une épaule douce et solide s'avère plus que vitale... Lilou devait se frotter au néant.

Théo ne pouvait bien évidemment lui offrir rien de tout cela, mais ses mots lui étaient précieux sexuels ou autres, elle prenait tout. Or il resta de nombreux jours... aphone.

De quel droit pouvait-elle lui demander support et étayement? Il avait sa vie à vivre...

Elle prit parfaitement conscience de cette évidence mais la gomma, survie oblige.

L'unique moteur: être prête pour recevoir Théo dans son nouveau nid. Elle s'activa donc à rendre l'endroit plaisant et personnalisé, une seule vision à l'esprit: Théo sur le seuil de sa porte.

Photographier Théo dans son quotidien, s'arroger ses pensées du jour ou sentiment inscrits dans sa ligne-temps. Elle s'y refusa. Trop d'élancements douloureux. Ne penser qu'à elle afin de se dépêtrer pour le mieux d'une situation à la fois grisante et terrifiante. Aucune sécurité d'aucune sorte: anti statut féminin.

Tant de femmes emprisonnent leurs hommes par des moyens innombrables en terme d'inventions insidieuses, pour être en sécurité. Atavisme préhistorique ancré dans les gènes, pas de leur faute... Juste la condition humaine. Biologie.

Contre-pied: une liberté doublée d'une libération infinie... Voilà pour la griserie... Et elle sut en tirer avantage plus que nulle autre.

Lilou en demande en ce début janvier contacta Théo de façon trop appuyée. Elle lui distilla qu'elle aimait tout ce qui faisait qu'il était lui; unicité vénérée et adulée hélas engendrant une réaction acidulée. Elle voulait aussi des mots de toutes sortes et se plaignait de son absence...

Lilou les essuie-glace... Fais attention, tu l'éloignes de toi.

En effet, elle n'eut de ses nouvelles que huit jours après... Bien sûr si elle le nécessitait tant, c'est que la période qu'elle vivait lui était rugueuse.

Elle lui écrivit donc provocante et de par trop charrue de labour: "Théo t'es toujours aphone ou tu m'as oubliée? LILOU"

Une demi-heure plus tard, elle reçut la réponse suivante: "Comment t'oublier ma belle Lilou? J'ai hâte d'être dans tes bras. Baisers fougueux."

Puis il lui fit part du fait qu'il était souffrant, prolongerait son séjour et repartirait aussitôt ailleurs. En filigranes, Lilou je n'ai pas de temps pour toi... Lilou maintenant disposerait d'un endroit pour le recevoir. Cela effrayait-il Théo?

La situation en se simplifiant pour donner libre cours à leur relation, se compliquait pour lui.

Lilou niait l'évidence bien qu'elle en eût conscience. Elle lui dit qu'il pourrait venir la voir quand il lui en prendrait l'envie.

Puis elle s'amusa à lui envoyer un message particulier afin d'attirer son attention. Elle avait appris que l'empan visuel lors d'une lecture sensée s'accommodait très bien d'un chamboulement de l'ordre des lettres à l'intérieur d'un mot à la condition toutefois que la première et la dernière de ces lettres soient respectées.

Cela donna donc:

"Théo,

Ta lgnuae qui se fyrae un pgsasae etnre mes lveres et cersae la mneine, ta qeuue qui s'itnoruidt dnas mon vrtene et ipmimre un mvnuemoet de veugas a mes heanhcs, tes mnias qui me fninorssnet la paeu, tes mtos qui m'efamnmelnt et m'evuenemt.

Pauitn de bedrol qu'est-ce-que tu fuos si lion de mon cpors? J'ai tnat evine de toi!

Lilou"

"Lilou,

Même bizarremment codée ta prose m'a mis le feu.

Sens-tu ma queue dans ton vagin humide?

Regarde-moi.

Je veux tes yeux noir charbon dans mon regard.

Caresse-toi en pensant à moi.

Je t'imagine à moitié vêtue, ta main disparaissant sous ta jupe cherchant ton clitoris.

Tes belles chaussures au bout de tes jambes gainées de nylon.

Ta poitrine opulente offerte. Parle-moi.

J'aime quand tu te sens femelle avec moi.
Théo."

"Théo,
Ce qui me rend raide dingue de toi...
Lorsque tu m'embrasses à pleine bouche.
Enserrer d'orgasmes ta queue, ta langue ou tes doigts.
Sentir ta bite en moi juste après que j'ai joui, cela décuple mes orgasmes.
Percevoir la fièvre du désir dans tes yeux.
Te voir jouir.
Ton appétit de mâle et ses exigences ainsi que les miennes...
Lilou."

"Lilou,
J'aime quand tu parles comme ça.
Quand tu es femelle comme ça.
Je suis derrière toi. J'attrape tes hanches à pleines mains. Je regarde ton cul.
Je sens ta croupe incendiaire bouger sur ma queue dressée en toi.
Attrape les. Fais-moi sentir tes ongles vermillon.
Tu as des bas et des chaussures qui me rendent dingue.
Je jouis sur tes fesses et la réintroduit dans ta chatte humide.
Je sens tes orgasmes enserrer ma bite.
J'ai envie de toi tu n'as aucune idée.
Parle-moi encore de tes désirs, de tes fantasmes.
Je t'embrasse... à pleine bouche."

"Théo,
Je t'offre mes reins cambrés et mon désir brûlant prends-moi...
vite
Love. Lilou"

"Je te prends ma belle...
J'imagine plein de positions avec toi.
Je me suis masturbé cette nuit en pensant à la chute de tes reins, à tes mots torrides, à tes chaussures qui me rendent fou, à ce trou salutaire dans cette combinaison qui me permet de te prendre toute habillée... Je passe ma langue sur ton sexe.
Théo."

Encore plus d'une semaine sans nouvelle, alors Lilou quémande... Si tu as une minute, pense à m'embrasser...

Fin janvier: "Comment se passe ton installation dans ta nouvelle vie?
Tu dois être heureuse de retrouver ton indépendance et moi je serai heureux de venir visiter ton intimité en toute intimité...
Je pense beaucoup à nos ébats...
Je t'embrasse.
Théo."
Lilou commentait pour elle-même: tu y penses Théo, de cela je ne doute pas; ce que je redoute que tu n'y avances pas... vers ma porte et ce miroir qui te renvoie le réel.

Février aigre-doux

LE PREMIER FÉVRIER LILOU était installée dans son nouveau petit logis. Fatigue. Effervescence. Fatigue due à une quinzaine de jours passés à tout organiser, à rendre son endroit de vie confortable et accueillant.

Effervescence Théo viendrait la voir... Déception...

"Lilou,
Quand puis-je venir te voir?
Je ne te cache pas que dans la journée sera plus facile pour moi.
J'ai hâte de te découvrir... dans ta nouvelle vie aussi...
Je t'embrasse.
Théo."

Malgré le jeu de mots, malgré le baiser et le point, malaise... Son petit nid leur offrait "une intimité à découvrir en toute intimité" dont il faisait fi. Cela la ramena au jour du cinéma, juste trois heures à lui accorder alors qu'il voulait lui faire l'amour. Même contexte.

Elle se sentait flouée et brimée, comme un enfant gourmand à qui on a passé le gâteau devant les yeux avec interdiction formelle d'y toucher.

Stratagème de la part de Théo pour la mener à la rupture sans que lui en prenne la responsabilité?...

Contradiction, il aurait pu arrêter leur histoire au "un point

c'est tout!" de Lilou et ne jamais plus la contacter. Facile et aisé.
La correspondance informatique comportait une touche de
déconnexion comme l'outil lui-même. Alors à quoi jouait-il?
Pourquoi maintenir cette relation? Pour Lilou c'était si difficile.
C'était un moment très vrillant de son existence. Divorce,
déménagement, changement de vie radical. Tant d'incertitudes
et Théo qui en ajoutait une, et d'importance. Rien absolument
rien pour s'appuyer. Juste elle et son centre pour tenir
parfaitement debout et continuer à marcher.

Or dans la vie il faut quatre piliers: partenaire, famille, métier,
amis, afin d'avoir un équilibre qui permette d'avancer.

Lilou pensait que lors d'une motivation profonde, aucun
obstacle ne résistait. Théo n'avait donc pas à l'égard de leur
relation une motivation profonde. Pourquoi?

L'amour est dépendance et ne pouvait s'inscrire dans la vie
qu'il voulait mener et qui primait sur tout.

Selon Lilou aucune incompatibilité, ils pouvaient se voir une
à deux fois par mois pour s'accorder des instants-partage
mouillés d'amour et de sexe. Mais Théo devait déjà jongler
avec une profession dévoreuse de temps et d'énergie, un
enfant et plusieurs femmes. Lilou ne trouvait pas sa place. Il lui
laissait les miettes: deux heures un jeudi matin après plus de
deux mois d'absence... Que penser alors? Réservait-il ses nuits
ou bouts de nuit pour une autre qu'elle, présente depuis plus
longtemps dans sa vie?

L'amour pour Lilou, c'est en fin d'après-midi, début de soirée,
début de nuit ou pleine nuit mais sûrement pas le matin!

Elle répondit pourtant après lui avoir donné force détails
sur son adresse: "Passe à 10 heures si tu veux, je dois partir
à 13 heures 30. C'est sympa d'écrire à demain. Je t'embrasse,
Lilou"

"Je serai 30 minutes en retard, j'ai hâte de te voir..."

Lilou pensa comment peut-on être en retard lorsque l'on a hâte de voir la personne...Pour elle antagonisme... Ressenti rêche, serviette éponge séchée au soleil qui gratte la peau. Mais aussi reflet de l'approche de Théo quant à leur relation: je veux mais j'hésite. Peur d'être trop amoureux donc trop attaché et trop dépendant.

Il arriva en retard, découvrit la maison et ils firent l'amour. Tristement pour Lilou.

Il aima la maison, comprit le désappointement de Lilou qui ne démontra pas l'enthousiasme sexuel habituel bien qu'elle fût heureuse de le revoir et de lui montrer ce qu'elle avait conçu et installé en partie pour lui.

Alors il lui promit un dîner suivi d'un bout de nuit d'amour la semaine suivante.

Extrêmement sexy, extrêmement bien maquillée, coiffée, parfumée et habillée avec un soin tout particulier, Lilou attendait avec impatience l'heure du rendez-vous, dans quelques heures il l'embrasserait, il serait dans sa bouche, dans son corps...

Elle portait une mini-jupe noire, des bas fins avec un porte-jarretelles noir, un pull en V et en cachemire et des escarpins. Elle se sentait jolie et désirable.

Anicroche:

"Lilou,

Je suis désolé je vais devoir annuler pour ce soir.

Je dois passer du temps avec mon fils (et il spécifia son prénom) cet après-midi et dans la soirée.

Je t'embrasse Théo."

Colère assortie à son porte-jarretelles. Cette fois aucun doute, il voulait rompre et se servait de ce biais. Il l'appela deux fois et bien sûr elle ne répondit pas. Fermement décidée.

Cas d'urgence pour Théo, la parole et les réactions à tempérer de Lilou se faisaient pressantes sous peine de la perdre... Alors Théo qui ne lui téléphonait jamais (ne jamais laisser d'indice traînant) prit un risque.

L'e-mail réservé à l'érotique, le téléphone réservé à la panique...

E-mail écrit égoïste, reflet du penchant très incliné de notre société vers l'individualisme.

E-mail communication solo+solo en "direct différé" sans interférences impromptues.

E-mail confort, téléphone effort.

Pourquoi tant insister s'il ne voulait plus la revoir... Qu'il stoppe leur relation! Mettre un point final après le prénom de Lilou, cela bouclerait leur histoire.

Ce qu'un homme peut faire de pire à une femme c'est de détruire ses illusions, ses rêves, ses attentes...

Elle n'avait rien demandé, ces propositions de dîner et de début de nuit partagée ne venaient que de lui. Ne pas les honorer et les annuler à l'ultime moment était de l'ordre du cruel. Toutes les excuses qu'il y trouverait n'y changeraient rien. Il avait alors blessé leur relation jusqu'à un point de non-retour.

Parmi sa "cour", un homme auquel elle était loin d'être insensible lui démontrait un intérêt grandissant; c'était l'ami de Théo qu'elle avait rencontré un mois et demi auparavant. Dès la première entrevue il s'établit un climat beau fixe entre eux. Ils riaient beaucoup et se confièrent l'un à l'autre autour d'un verre de Chardonnay. Les leçons d'espagnol que lui dispensait Lilou duraient plus de deux heures et ils se voyaient deux fois par semaine. Elle réalisa qu'elle avait vu cet homme bien plus qu'elle n'avait passé de temps avec Théo qu'elle connaissait pourtant depuis cinq mois...

Et puis:

"Lilou,
J'espère que tu as eu mes messages.
Désolé pour hier soir.
C'est de la folie dans mon emploi du temps.
À très vite.
Je t'embrasse.
Théo."

Parler avec Zak, rire avec Zak, entendre les compliments de Zak: baume sur les plaies... Théo le connaissait bien et l'admirait beaucoup apparemment. Ces mêmes approches pointaient en Lilou...
"Derrière un homme, il y a toujours un autre homme." Petit axiome dans le "fortune cookie" de Théo qu'il lut dans le bar de la première rencontre. "Fortune cookie" petit gâteau chinois ainsi dénommé car lors de sa consommation, par un petit billet caché en son centre, il dévoile un pan de votre futur...

Pour Lilou Zak c'était un rayon de soleil dans tout ce gris. Un coquillage nacré sur le sable mouillé. Ils parlaient des heures durant et il lui disait tant de choses aimables.
Chaque mercredi et samedi, jours des leçons scellaient et intensifiaient leur relation qui de professeur à élève glissa vers une amitié sexuelle. Il prit alors rapidement une grande importance pour Lilou qui ainsi supportait bien mieux les incartades de Théo... Mais voilà sexuellement elle avait horriblement envie de Théo... quel que fut le contexte... Et uniquement de lui.
S'il est bien une chose pour laquelle Lilou ne peut tricher, c'est le sexe... Un homme qui ne l'attire pas du tout sur ce plan n'a aucune chance. Il peut se montrer brillant, plein de réussite

professionnelle ou autres, si la chimie n'est pas de mise rien à faire pour la conquérir.

Malgré toute l'attirance d'ordre sexuel que Théo engendrait en elle, elle décida de mettre un terme à leur relation et le lui dit un peu âprement. Il avait un métier prenant et passionnant, une famille et d'autres maîtresses alors Lilou devait se contenter des recoins, pas de place pour elle... Et elle ne l'ennuierait plus. Elle réservait tout ce qu'il connaissait d'elle, plus le meilleur à un homme qui saurait l'apprécier à sa juste valeur. Elle terminait avec une pointe d'aigreur-vinaigre: "Alfred de Musset tu connais, "on ne badine pas avec l'amour." Certaines phrases ne se prononcent que lorsqu'elles ont un sens pour celui qui les énonce même si c'est avec peine." Allusion au "je t'aime" timide accroché à ses lèvres, dans la chambre d'hôtel aux rideaux capricieux. Coup de griffe.

Elle se sentait à la fois très triste et... soulagée. Oui soulagée car faire front sur tous les plans en même temps est éreintant. Et en plus se battre pour exister dans la vie d'un amant est extrêmement épuisant moralement et ébrèche l'amour-propre. Il avait trop de mal à la glisser dans le paysage de sa vie. Et elle le vivait comme un vêtement trop serré qui aiguise le mal-être dès qu'il est porté... Des chaussures trop étroites qui blessent les pieds et rendent de ce fait la pensée focalisée sur ce point de douloureux inconfort. Le plaisir en étant éclaboussé.
Lilou se raisonna, pas du tout son style. Impulsive. Comme un jaillissement: envie soudaine de sucreries, de sexe, de présence, de crier. Et surtout ne pas ignorer. Vivre. Vivre. Vivre. Car à une seconde donnée apparaît l'inadéquat, l'inopportun. Et le regret. Sentiment haï, indigne de figurer dans la terminologie empirique. Ainsi elle se brima elle-même s'imposant une coupure nette de toute pensée et évocation ayant pour thème...

Théo.

Alors il fallait mettre Théo en sourdine, Théo en murmure, Théo en aquarelle, Théo en délié, Théo en filigrane. Tant de Théo à gérer... Bon il lui avait donné le visa de sa liberté. Magnifique présent. Des moments incrustés dans les recoins de la mémoire qui donnaient le sourire à son cœur. Des fous rires encore vifs lorsque ébauchés en pizzicato. De la tendresse et de la poésie, du sexe échevelé et ravageur, des mots-soie et aussi quelques longueurs potion médicamenteuse amère.

Apparemment lui aussi avait retenu les fous rires car quelques jours plus tard, trois courtes phrases, nées de l'électronique et des pensées profondes de Théo, avouèrent à Lilou:

"Je suis à [...], en route pour l'[...]. Je pense à toi et à nos fous rires dans l'avion qui nous menait en [...]. Je t'embrasse evidement."

Pas de titre d'e-mail, pas de signature et quelques fautes de frappe... Un doute: "avidement" ou "évidemment"? Évidemment sonnait de toute évidence comme: "Je n'ai pas changé, je tiens toujours à toi bien sûr."

Et surtout, et Lilou s'en rendit compte bien plus tard, e-mail rédigé le 14 février jour de la Saint-Valentin, fête de tous les amoureux. Bien sûr elle ne voulait y voir qu'une coïncidence fort probable, mais il y avait également cette petite voix qui lui parlait de la sensibilité marquée de Théo et de ses petites touches qui se voulaient pointillés pudiques.

Le connaissant, elle sut combien lui dévoiler qu'il n'acceptait pas la cassure, avait dû lui être plongeon en eau fraîche.

Il lui murmurait: je tiens à toi. Avec passion, mes baisers sont avides ou évidents puisque... je te veux encore et toujours.

Pour Lilou, il apprivoisait le paradoxe...

Sentimentalité insistante, pétrie de contradictions.

La colère-volcan était toujours en elle, reflétant en sa durabilité la force de l'impact du coup porté. Elle répondit donc laconiquement:

"Soit, mais encore?"

Un brin snob, glacé et provocateur.

La blessure était vive et lancinante, loin d'être effacée par une pensée fou rire souvenir et un baiser aussi empressé et révélateur soit-il.

Alors imaginer d'abord et vivre ensuite la vie... sans Théo, brusque gouffre. Le pardon, mot grandiloquent mais sans synonyme idoine, lui apparut brou de noix sur le ventre de ses émotions, couche protectrice bienvenue. Et puis d'abord il avait fait un pas vers elle... Une toute petite excuse Lilou qui te permet de replonger vers ce que tu aimes et attends le plus: les yeux couleur de lion de Théo dans les tiens, allez... avoue donc Lilou, Théo n'est pas ta faiblesse, mot bien trop faible, il est ton indispensable! Et chaque seconde auprès de lui se fait éternité...

Tout doucement elle lui écrivit:

"Théo, tous ces événements si intenses que je vis depuis deux mois doublés d'une période très difficile m'ont littéralement épuisée, physiquement et moralement, je vis sur mes réserves et c'est un luxe que je ne peux pas me permettre trop longtemps... alors sois clair, ne joue pas, qu'est-ce-que tu veux réellement?"

"Je ne joue pas, Lilou.
Je veux de l'insouciance.
Je t'embrasse."

De l'insouciance... Lilou pouvait parfaitement lui offrir tout le concret derrière ce concept au préfixe élidant. Gommer le souci, le sexe en détient l'apanage, encore faut-il se laisser faire... Ou alors ce n'était pas d'elle qu'il attendait de l'insouciance.

Tout ce qu'elle avait remarqué de lui, c'est que chacune de leur rencontre lui posait souci, c'est que de trouver du temps libre pour elle lui causait souci, c'est que de la caser dans son cœur et son corps lui amenait souci.

La vie avec Lilou et ses yeux noir-fumée n'avait rien d'insouciant. Excepté les moments où il était en elle, dans sa bouche ou dans son corps. Et ça d'autres femmes pouvaient le lui offrir... avec des tonnes d'insouciance.

Pourquoi leur histoire n'était-elle pas plus simple? Lilou aimait tant faire l'amour avec Théo, elle demandait juste de lui accorder quelques heures dès quelques instants de liberté. Des débuts de nuit, des rendez-vous clandestins, des moments forts partagés. Il ne voulait et ne pouvait pas manifestement. Des pourquoi s'ébauchent... inutiles, ils n'y changeront rien même avec le parce que. Lilou sur un îlot prison paradis.

Amour-boomerang... De retour aussitôt lancé. Impossible de s'en défaire. Refrain sans fin, sans frein...

Et tout naturellement le sexuel entre eux revint... inéluctable, galvanisé et sublimé... Réflexe joyeux après la perte éventuelle et ébauchée de leurs moments-réunion-union.

Il s'agissait d'orgasmes multiples...

Lilou les évoqua lorsqu'il décrivit à Théo ce qu'elle attendait d'un homme. Plaisir absolu sans flou.

Lilou remarqua un jour que la puissance déployée par les moteurs des avions au décollage déclenchait en elle un orgasme à la fois mental et physique, doux euphémisme et doux cataclysme... Elle adorait la puissance sous toutes ses formes. Cela la transcendait. Elle évoqua également cet état de fait...

Qui obtient la réponse suivante:

"Tes orgasmes multiples, ta bouche, ta taille, tes mains. Je veux te faire râler de plaisir. Déclencher tes orgasmes multiples! Je regarde mon lit à [...] et je t'imagine me montrant ton sexe noyé de désir. J'ai envie de venir en toi."

"Je te montre mon sexe noyé de désir, j'en caresse la peau d'une extrême douceur en léchant mes doigts tout imbibés de moi (je ne suis pas amère) et je jouis longuement en hurlant ton prénom tant ton sexe me manque."

"J'adore quand tu es chaude comme ça. Je t'imagine. Je me caresse en te regardant sucer tes doigts. Tu me fais bander."

"Théo, fais-moi jouir."

"Je te vois. Devant moi. Je prends tes hanches. Je te pénètre. Parle-moi!!"

Lilou lui fixa un rendez-vous d'ordinateurs. À 22 heures elle serait en face de la machine magique qui permettait de combler un peu l'absence et de laisser libre cours à tous débridements d'ordre sexuel. Il y serait à ce rendez-vous lui avait-il écrit, rendez-vous très particulier au croisement du clavier et de la luxure. Vouloir apprécier cette tierce entité insérée entre eux qui rendrait l'absence un brin allégée et les sens une once satisfaits. L'appellation à elle seule:"ordinateur" crissait dans la bouche et se faisait antipode du concept câlin: un rendez-vous d'amour... Pourtant l'ordinateur de Lilou lui était bien précieux: lien unique qui portait Théo tout près d'elle...

Elle lui laissa le soin d'ouvrir le débat de tous leurs virtuels ébats.

"Je suis dans ma chambre d'hôtel immense dans la réserve des [...] en [...]. Je suis au bureau et je t'imagine... Écartée devant moi... Tes doigts allant et venant dans ta vulve ouverte... Je me masturbe devant toi..."

"J'apprécie le spectacle."

"Sens-tu ma queue en toi ? Dis-le moi..."

"Lorsque ta queue est en moi, et que je la sens aller et venir dilatant mes chairs et glissant dans mon intime, je ne suis plus que sexe et ressens un plaisir diffus et intense au fond de mon ventre."
"Attrape-la, attrape-les... J'adore sentir tes ongles. Je voudrais te baiser maintenant."

"Je veux sentir tes doigts en moi comme au cinéma..."

"Je glisse ma main dans ta culotte... Je sens ton pubis trempé... J'écarte tes lèvres gorgées de désir et introduis deux doigts dans ta chatte humide..."

"Tu m'excites tant que je mouille comme jamais... Théo viens, viens en moi..."

"Décris-moi où tu es, comment tu es habillée, ce que tu fais..."

"Je suis dans mon lit où nous avons fait l'amour deux heures durant, je suis en pyjama, il fait froid, pas très sexy excepté qu'il manque un bouton au niveau de mes seins qui attendent tes mains... Tes caresses sous ma couette que mon sexe tout glissant te réclame."

"Je t'imagine en collant noir, avec des chaussures à talons, une jupe courte, pas de culotte, tes lèvres rouge sang avec un doigt dans la bouche..."

"Ce n'est pas de l'imagination, je fus effectivement ainsi un mercredi où je m'étais préparée pour toi. Embrasse-moi, j'ai envie de ta bouche et de ta langue."

"Décris-moi comment tu étais habillée et je passerai ma langue où tu voudras."

"J'aime pas le chantage mais tu sais très bien que je ne te résiste pas... J'avais une jupe noire très courte avec un collant et pas de culotte (tu vois combien je te devine...) un T-shirt noir très échancré qui dévoilait un tout petit bout de mon soutien-gorge rouge et un petit bout de ventre, et mes chaussures à talons hauts. Des yeux charbonneux et une bouche rouge vif comme tu aimes. Ma taille fine était très marquée... Alors où va ta langue?"

"Entre tes cuisses...
Je la passe doucement sur tes lèvres avant de la planter dans ton vagin..."

"Moi j'ai ta queue dans ma bouche et je te suce à en mourir..."

"J'aime sentir mon sperme couler dans ta gorge... Je voudrais jouir sur ton visage... Le veux-tu?"

"Si cela te donne du plaisir oui."

"Et à toi est-ce-que cela te donne du plaisir?"

"Quand tu jouis mon plaisir est extrême."

"Jouissons ensemble. J'adore sentir ton vagin se contracter sur ma queue... J'aime te voir râler de plaisir."

"Bonne nuit my love."

"Bonne nuit ma belle...
Pense à mon désir pour toi...
Je t'embrasse partout..."

Trois minutes après:
"Lilou, je t'embrasse tendrement en te prenant dans mes bras. Je te serre contre moi et te souhaite une belle nuit. Pense à moi. Je t'embrasse."

Quelle est l'intensité d'amour qui fait qu'un homme se plie aisément aux desiderata d'une femme?

Peut-être sous peine de lui déplaire, voire de la perdre alors des efforts sont faits. Une certaine éducation sans doute d'ordre social et privé...

Théo savait que Lilou aimait le sexe drapé de tendresse, il œuvrait à les enlacer intimement. Juste pour elle.

Elle souhaitait plus que tout être dans ses bras et il était si loin... Loin... de son corps et de son cœur. Quelle tristesse parler d'amour et faire l'amour en se servant de touches et de circuits imprimés...

Si cela émoustillait les sens en un sens, cela restait bien insatisfaisant à la peau de Lilou.

Être caressée, embrassée, pénétrée, baisée, léchée et évoquée en termes crus et doux, elle ne connaissait rien de meilleur qui lui rendait l'âme liquoreuse et la pensée héroïque.

Elle aimait quant à elle se servir de sa bouche, de sa langue, de ses dents, de ses mains, de ses yeux et de ses mots pour vriller l'extase. Elle s'étonnait toujours du miracle de cette érection qu'elle savait si bien déclencher et s'enthousiasmait de sucer un pénis érigé qui avait tant de pouvoirs sur elle.

Les mots reflets de pensées érotiques sur l'écran reflétées avaient un pouvoir de 3% en comparaison de l'acte d'amour que Lilou adorait tant.

Théo... Vis que diable! Embrasse ces moments intenses et ne les rejette pas au néant, un jour on sera mort... Sache bien que tout se paye dans la vie, le plaisir sublimé surtout. Vivre tout petit, tout mesquin par crainte du destin cela vaut-il la peine? Peut-être est-ce moi qui ne vaux pas la peine, alors tant pis Théo, il faudra bien trouver quelque chose qui nous sépare à tout jamais puisque tu le veux ainsi... Comme un autre rendez-vous qu'une fois encore tu ne pourras honorer...

Lilou en plus du cognac botte secrète en avait une autre, remplacer un homme par un autre homme pour tout oublier et recommencer tout neuf... Cela avait pour but d'alléger la souffrance et de ne pas avoir d'instants vides pour se souvenir. Exercice très difficile qui requiert un entraînement poussé mais relativement efficace. Relativement car Lilou savait qu'à l'instar de toutes ses très grandes histoires d'amour (très peu en fait) Théo resterait à jamais dans son cœur jamais renié, jamais dénié malgré les faux-pas... La rancœur et le regret ne l'effleureraient jamais, ainsi en avait-elle décidé.

En cette fin février leur littérature érotique était bien loin de s'éteindre et regorgeait d'imagination pigeonnante:

Un peignoir à entrouvrir, des yeux de braise plein de désir...
Des mouvements et des soupirs...
Des ongles, des bouches et du plaisir...
Tu es belle et sensuelle, sur toi je veux jouir...
Tes reins et tes seins au creux de mes mains...

Théo voulait aller loin avec elle; son idée de sex-toy lui tenait à
cœur, elle lui répondit qu'il serait fait selon ses désirs.

"Bien sûr je t'embrasse tendrement avant de faire tout cela. Je
passe te voir la semaine prochaine?"
Lilou relut la phrase cinq, six fois un glaçon au creux du ventre.
Traumatisme. Elle avait eu un premier réflexe: NON.
Trop peur de revivre leur dernier rendez-vous "manqué". Elle
était devant l'écran, paralysée. Elle prit alors conscience du mal
qu'il lui avait fait... Sel sur une plaie vive. Puisque le feu brûle,
on tâche de ne pas jouer avec une deuxième fois.
Elle ne répondit que bien plus tard dans la nuit en formulant
une requête: que cette fois-ci il soit bien sûr de venir et qu'il
n'annule pas à la dernière minute et qu'il propose plusieurs
dates...

Sa réponse indiquait... à 5:07 AM qu'il la contacterait dès son
retour et qu'il l'embrassait en lui souhaitant une belle nuit.
Il n'avait pas dû dormir d'un sommeil trop paisible... Ou alors
il devait se lever très tôt ce matin-là et la première chose qu'il fit
fut de consulter ses e-mails à cinq heures du matin.
Lilou se dit qu'il tenait sincèrement à elle. Cela se confirma lors
de leur prochaine rencontre.

Mars épars

RENDEZ-VOUS FUT PRIS. Toujours chez elle et toujours... le matin.

"Alanguie?
Rêveuse?
Que fais-tu?"

Théo. Après douze jours sans nouvelles... Elle répondit deux heures plus tard:

"Exactement ce que tu énonces."

C'était une fois encore très vrai. Il faisait très beau en ce début mars, les oiseaux rendaient les chênes rouvres, qui servaient de rideaux à ses fenêtres, volubiles et mélodieux. Lilou pensait... à lui. Elle était dans son fauteuil de cuir ivoire, ses longues jambes à la verticale croisées sur le dossier d'une de ses chaises jaunes. Elle avait le regard vague et fixé sur le tapis de sisal, Théo lui manquait terriblement...

Petit coup d'œil à l'ordinateur, il était là. Difficile à exprimer ce ressenti de présence forte grâce à un petit clavier qui avait organisé les lettres et les avait fait parvenir à son destinataire. En se les appropriant, ce dernier était en parfaite osmose avec l'émetteur...

"Décris-toi."

Toujours l'image pour Théo, l'image montée à partir de mots. Petit film photos. Le temps de réponse fort court, lui démontra qu'il attendait la sienne...
Lilou décrivit avec précision sa posture en y incluant des détails pour chatouiller le masculin.
"J'étais dans mon fauteuil en cuir en train de goûter au silence et à la sérénité ambiants. Mes jambes gainées de collants que tu ne connais pas étaient surélevées sur le dossier de ma chaise et je les regardais en pensant que j'avais envie de tendresse..."
Elle hésita quant au pluriel pour le mot tendresse mais elle se retint, au pluriel il aurait eu alors une connotation plus sexuelle, or elle avait envie d'amour avant tout et elle connaissait trop bien Théo.

"J'aimerai venir me perdre entre tes cuisses gainées de nylon..."

Elle en était sûre... "Tendresses" ou "tendresse" n'y aurait rien changé. Je te veux c'est comme je t'aime pour Théo. Il le lui avait confié quelques mois auparavant.

"Parfois le conditionnel est un temps détestable (d'ailleurs tu as oublié un "s", ou alors je doute de tes intentions et de ton orthographe, et c'est du futur , ce qui en change la nuance...)"

"Il s'agit du futur bien entendu...
Cela ne change d'ailleurs pas grand chose à la volonté première de venir me perdre entre tes cuisses..."

"OK ma diversion grammaticale n'a pas entamé un iota de ton idée première sensée mener à une sensualité débridée à laquelle je me plie avec plaisir... Il y a chaleur et humidité au lieu-dit..."

"Je voudrais m'y introduire..."

"Viens"

"Me sens-tu?"

"Un détail que j'ai omis dans ma description, je pensais aussi à ta queue... Que maintenant je sens parfaitement tout au fond de moi."

"Pense à ma queue ma belle...
J'aime quand tu la suces aussi..."

"J'ai cru comprendre...
J'aime te sucer..."

"Regarde-moi dans les yeux quand tu suces... Promène ta jolie langue sur tes lèvres... Je te regarde..."

"Je l'ai fait et le ferais encore... J'aime tellement faire l'amour avec toi..."

"Moi aussi ma belle...
Tu es si volcanique...
Je veux te voir folle sur moi..."

"Tu emploies un adjectif que tu n'as pas expérimenté, je suis effectivement "volcanique" voire plus intense, offre-moi de belles et bonnes conditions et je te montrerai de quoi tu parles..."

"Fais-moi l'amour ma belle...
Montre-moi... Montre-toi!"

"Quand tu veux, faire l'amour pour moi c'est vital..."

"Je pars samedi prochain. Je pourrais te voir jeudi matin si tu es libre..."

Qui avait pris la décision de se voir: Lilou de façon claire et évidente ou Théo qui l'avait suggéré en lui laissant le soin d'aborder le rendez-vous la première, le blanchissant ainsi de toute initiative de rencontre pour faire l'amour?
Approche intelligente qui lui garantissait aussi qu'il était le bienvenu, qu'elle souhaitait le voir... Ainsi peut-être pour lui aussi, leur dernier échange avait été marquant quant au fait qu'elle se cabrait et qu'elle pouvait le rejeter.

Lilou n'était pas dupe et le lui laissa entendre ainsi:

"Je suis libre jeudi jusqu'à 13:30, l'amour le matin ce n'est vraiment pas ce que je préfère. C'est là où un écran d'ordi offre le confort douillet de l'imaginaire sans les contingences bassement matérielles de la réalité. Mais tu sais, mon " quand tu veux " n'était pas une question, c'était juste une réponse à ton futur pour venir te glisser entre mes cuisses. Te voir m'est toujours délectable ceci dit."

"Je viendrais jeudi matin...
Nous ferons la nuit..."

"Attention "je viendrais" c'est du conditionnel, alors confirme avant de passer..."

Il passa... Sans confirmer...

Dès qu'elle ouvrit sa porte pour lui livrer passage, et elle n'oublierait jamais ce moment, sans un mot il la plaqua brusquement contre le mur et l'embrassa à pleine bouche avec ardeur.

Chaque femme devrait avoir vécu ça... Il lui assura: " Ce rouge à lèvres écarlate, je vais tout le bouffer..." avec une faim de fauve dans la voix. Se sentir désirée et attendue à ce point. Elle adora cet acte et n'eut pas le temps de le lui dire. Il l'entraînait déjà vers le lit. Dans le couloir il glissa sa main sous sa jupe et enfonça deux doigts dans son sexe. Inattendu et excitant. Il eut alors un regard très intense qu'il plongea dans les yeux de Lilou afin de déceler l'effet de son geste impromptu... Théo très en verve. Il la poussa sur le lit et se jeta sur elle ne prenant même pas le temps de lui ôter sa culotte qu'il écarta pour la pénétrer. L'étoffe se frottant sur leurs sexes à chaque aller et retour, ressac volupté.

Théo visiblement démontrait un intérêt sexuel qui se voulait avide et évident. Un peu comme un rattrapage lorsque les points furent insuffisants mais qu'une autre chance de mieux faire était offerte.

Hélas le matin... Lilou si vraie, si proche d'elle même et de ce qu'elle aimait, se demandait comment autant de femmes étaient capables de simuler un orgasme, de l'amour, de l'admiration.

Simuler verbe au goût amer... Le matin donc, pour Lilou ce n'est pas le sexe qui prime ni qui s'exprime, alors Théo malgré toute sa flagrante bonne volonté fut entraîné dans une discussion d'ordre professionnel: facette de la multiplicité de leurs partages et connivences.

Lilou livrée à elle-même depuis sa très tendre enfance sans mentors et sans guidance, avait développé un don de l'observation au-delà du commun. Don qui glissait sur des pentes que tout un chacun considère irrationnelles car non cartésiennes. Mais c'était un fait, Lilou savait lire les autres, pouvait entendre leurs pensées et pouvait également appréhender leur futur. Pas choisi une fois encore, juste à accepter malgré le malaise parfois...

Elle confia ainsi à Théo combien sa réussite professionnelle serait avérée et tangible lui garantissant un avenir des plus prometteurs. Elle aimait évoquer avec lui son métier, car faite homme elle aurait vraisemblablement choisi une voie similaire qui lui aurait permis de courir le monde, de vivre à plein ce terrible besoin d'espaces et de liberté qui bouillonnait en elle et se sentait emprisonné.

Ils se quittèrent, elle, les yeux lumière d'avoir fait l'amour avec Théo même si moment non idoine; lui, l'humeur à la fête espérant que Lilou avait vraiment raison quant à son avenir couleur inox.

En ce mois de mars, chose rarissime, ils se rencontrèrent deux fois de suite à quelques jours d'intervalle. Théo était revenu vers elle essuie-glace par temps d'orage... Ce que Lilou ignorait alors c'est que ce jour-là ce serait la dernière fois qu'ils feraient l'amour ensemble.

9 heures et demie et il était là, à l'heure, ponctuel. Ce fut elle qui arriva avec un retard de cinq minutes. Il lui envoya un texto pour lui dire qu'il était devant sa porte. Grand soleil. Il l'attendait sur la rue en pente, un sourire tout plaisir assorti au soleil. Pas le temps de faire la nuit... Avant de rentrer elle lui avoua qu'elle aurait aimé lui concocter une petite mise en scène surprise, mais qu'étant là à l'heure, cela ne lui avait pas donné le temps de la mettre au point pour lui... Théo lui dit qu'il adorait les mises en scène et qu'il regrettait qu'elle n'eut pas donné libre cours à son imagination. Une prochaine fois Théo. [Lilou, tu ne le sais pas encore mais... des prochaines fois

il t'en reste juste... une.]

En fait, elle avait imaginé lui laisser un mot torride sur la porte laissée ouverte à dessein, à son entrée il aurait découvert jonchés sur le sol tous les vêtements de Lilou semés comme les cailloux blancs du Petit Poucet qui l'auraient conduit au lit où elle l'attendrait vêtue pour une parade d'amour dans une pose des plus suggestives... Elle aurait aussi tâché de faire la nuit... Au moins que le matin ait un goût de soir...

À leur habitude ils se jetèrent dans les bras l'un de l'autre. S'embrassèrent glace à l'italienne. Il lui fit remarquer qu'il aimait beaucoup lorsqu'elle se pendait à son cou comme ça.

Lilou aimait tant qu'il commente ainsi ce qu'il ressentait d'eux deux. Elle aimait cet authentique spontané qui lui picotait l'instant intime.

Ils prirent leur temps cette fois et ils firent l'amour tendresse-extase. Lilou portait ce vêtement de dentelle qui épousait étroitement presque tout son corps... Théo se montra à la fois doux, brusque et loquace:

"Tu aimes lorsque je te prends comme ça? Ça doit être beau..." lui déclara-t-il comme au regret de ne pas profiter de l'image qu'il s'offrait à lui-même, son regard n'y ayant accès. Il avait, de ses deux mains, écarté les chairs intimes de Lilou alors qu'allongé sous elle, il avait enfoncé son sexe en elle.

Le visuel pimentait l'excitation et nuançait le plaisir. Théo l'évoquait. Un miroir d'à propos lui eut été délectable. Lilou pour lui faire vivre leurs secrets érotiques au plus sophistiqué, l'aurait surpris avec cette scène à revivre reflétée cette fois. Il ne savait pas de quoi elle était capable pour rendre la vie unique et inoubliable... Il ne lui en avait pas laissé le loisir...

Quelques mots émaillèrent de tendresse les moments amour-torride (ne lui avait-il pas laissé entendre qu'il savait faire les deux?...) Se tenant derrière elle, il la prit dans ses bras, son dos, ses fesses à elle contre son ventre, son sexe à lui, il lui susurra: "Ma poupée... j'aime t'appeler comme ça. Ma chérie, chérie même si c'est un peu ringard, vieux couple, tu trouves pas? Mais pour moi tu es ma poupée et ma chérie." Quelques minutes après laissant poudroyer l'émotion alentour... "Ma beauté tu es tout ça..."

Et aussi Lilou l'apprit plus tard au hasard de ses lectures hétéroclites et disparates, la façon dont Théo l'avait prise et tenue dans ses bras était analysée et décrite comme faisant preuve d'une expression de l'amour au masculin empreinte d'un désir de protéger et de posséder pleinement... Théo... Tu vois bien que nous deux on se... veut.

Selon l'imagination et l'inspiration respectives des hommes de sa vie, Lilou avait connu plusieurs de ces mots-câlins pour l'intimité. Elle s'était souvent demandé s'ils lui étaient propres et exclusifs, elle seule en étant l'inspiratrice et la détentrice ou s'ils étaient... galvaudés pour reprendre un terme de Théo. "Ma poupée", "ma chérie", "ma belle" "ma beauté" étaient inédits et resteraient propriétés de Théo, même si elle les partageait avec ses autres conquêtes...

Puis leurs vies s'éloignèrent temps et distance.

Lilou fit un voyage lointain mais avant, tandis qu'il lui envoyait des baisers salés d'un océan qui les séparait, elle le surprit quant à elle, avec un envoi de photos très très suggestives.

Elle voulait ainsi combler son envie et plaisir d'images, un brin superstitieuse et clairvoyante. Si jamais ils ne se voyaient plus, il aurait au moins un souvenir tangible. Même si elle savait parfaitement qu'il se déferait de ces photos, au moins il les aurait goûtées. Ce qu'il lui confirma:

"Really... Really...Beautiful!

Bon voyage ma belle...
Théo"

Elle lui répondit, provocante et laissant en points de suspension
un futur d'images piquantes:
"Les plus dénudées sont pour plus tard."

En fait, au plus profond d'elle-même, à l'aube d'un très long
voyage, Lilou avait comme peur de disparaître au sens propre
et au sens figuré. Comme une peur à la fois sous-jacente et
prégnante de mourir... Alors pour se sentir vivante au présent et
au futur comme une sorte de conjuration, il fallait être désirée,
vivre dans la tête d'un homme. Et c'est ce sentiment profond
et uniquement cela, qui lui dicta l'envoi de ces photos. Avec
de telles photos qui correspondaient tant à ce qu'il attendait
d'elle, elle était sûre qu'il ne l'oublierait pas... Images gravées
dans son imagination lubrique. Hélas une fois encore cet aspect
prémonitoire qui la quittait peu se fit luminosité. La mort
s'avérerait présente dans sa vie... ce mois à venir...

Avril nuageux

BIEN QUE PRINTANIER ET PRIMESAUTIER ce mois d'avril fut grisaille sans fleur pour Lilou. Sans Théo. Pourtant leur correspondance ne faiblissait pas quant aux évocations sensuelles... Une once de poésie effleura même la peau de Lilou lorsqu'elle lut le message de Théo. Effectivement il ne mentait pas: il savait mêler le piment et le langoureux, avec beaucoup de sensibilité et de subtilité.

"Lilou,
Tu es en Chine, je suis en baie de Goulven, Finistère nord. Je regarde la dune. Ses courbes me rappellent les tiennes. Et je me surprends à rêver à l'empire du milieu..."
Il avait intitulé son e-mail "Jour de Chine". Rare de la part de Théo. Un peu de sa tendresse enfouie filtrait. Romantique. Et touchant.

Nous sommes si loin l'un de l'autre Théo et moi j'ai tant besoin de ta bouche, de tes mains, de tes mots. Elle en ressentait presque de la colère, comment laisser s'écouler ainsi le bien si précieux de leur amour, fut-il d'ordre purement sexuel? Gaspillage inconsidéré... Temps jamais retrouvé. Peut-être leur différence d'âge dictait ce sentiment, l'un avait du temps et le prenait, l'autre lui accordait une valeur plus intense et le magnifiait sans vouloir le perdre.
Cependant Théo n'était pas responsable de leur rencontre à

contre-temps, pas responsable du fait qu'ils ne se toucheraient une fois encore qu'avec des mots. Le réveil d'un volcan impétueux avait rendu le ciel impraticable... Plus d'avion dans l'azur. Alors pas de Théo alentours. Comme si le destin s'amusait avec le cœur de Lilou... Théo voulait faire des vagues avec elle... Un tsunami eut lieu là-même où il se trouvait, la rendant inquiète; il la trouvait volcanique, un volcan le retint loin d'elle... Caprices de la nature pour signifier à Lilou: "Laisse-le donc, tu ne vois pas qu'il n'est pas pour toi! Comment faut-il te le dire?"

Leurs échanges d'avril furent tous azimuts. La poésie vêtement offert par Théo pour le corps de Lilou. La réussite professionnelle prédite et prenant pied dans la réalité. Encore des propositions de travail pour Lilou, Théo nécessitant ses services. Le nuage poussière de volcan et ses aléas demains imprévisibles. L'ivresse du dialogue érotique. La blessure poignard de la mort du dialogue érotique. Aucune évocation de la date précise de leur prochaine rencontre, Théo évasif et sur le départ dès l'arrivée...

Dans l'âme de Lilou, tous les arpèges de l'émotion se déclinèrent en ce début de printemps, carambolage avec dommages. Elle passa du rose bonbon au gris anthracite sans transition.
Ses courbes dunes... Son empire du milieu délice presque charnel. Yeux plein soleil.
Sa collaboration professionnelle qui mêlerait Théo à elle. Soif étanchée.
Ciel opaque et retour retardé. Inquiétude lancinante.

L'érotisme et la tendresse cadeaux vague de plaisir:
"Tu es belle, resplendissante même, baisers de Paris. Hâte de revoir ton sourire mutin. Envie de ta bouche maintenant... Je

glisse ma main sous ta jupe... Je vais jusqu'à ton sexe trempé et ouvert et je te caresse... J'introduis deux doigts dans ton vagin, mouille pour moi... Je t'embrasse dans le cou en même temps... Je te regarde me sucer... Passe ta langue sur ma queue... Caresse-toi..."

L'érotisme ressac éclaboussure:
"Envoie-moi une photo de toi que je me caresse, une de tes photos sexy celle où on voit ton décolleté. Envie de jouir sur ton visage...Où veux-tu que j'éjacule? J'ai joui... Good night I have to run now..."

Lilou lui en voulut énormément de s'être montré quelque peu... Tous les adjectifs qu'elle méprisait et donc ignorait, ne venaient pas se poser sur le concept qu'elle ressentait... Alors elle décida de penser que Théo s'était montré léger et sans déférence. Théo tout en dualités capable de poésie veloutée et de vulgarité rugueuse.
À dessein?...

Imprécision totale quant à une prochaine rencontre bien que Lilou insistât... Théo était fort occupé...

Il avait alors dégringolé tout en bas de l'échelle de valeur de Lilou qui le trouvait pour le moins fluctuant et de ce fait indigne de confiance. La confiance étant une des conditions sine qua none de l'amour, l'amour que portait Lilou à Théo se gommait, s'effaçait comme un dessin à la craie sous la pluie...
Et Lilou ne regardait jamais en arrière, beaucoup trop fière et incapable de revivre les déceptions même auréolées et enjolivées de meilleures intentions jusqu'à les rendre acceptations. Elle n'attendait plus rien de lui.
De toutes façons, il ne semblait pas du tout pressé de la voir,

cela tombait bien, elle non plus...

Il fallait pourtant qu'elle le revoie afin de lui dire que tout était fini, elle le lui dit en poésie mais elle lui fit également "ses yeux noirs"... expression théocienne, yeux qu'il aimait ainsi lui affirma-t-il, yeux noirs pour le sommer de la revoir.

Ce mois d'avril se termina par la mort accidentelle de son père qui laissa Lilou exsangue...

Après toutes ces émotions agressions, celle-ci fut la dernière vague grise qui engloutit Lilou dans un sombre naufrage de l'âme...

Mai effeuillé

MI-MAI, THÉO SE PRÉSENTA CHEZ ELLE un soir vers 21 heures. Encore un pied de nez du destin, c'était pour parler de séparation qu'ils se rencontraient en soirée. Malgré la gêne de prime abord, leur connivence reprit le dessus. Sa porte franchie, il lui demanda l'œil mutin: "On s'embrasse?" Mais oui Théo on s'embrasse... Cela fait deux mois que nous ne nous sommes pas vus et même si nous ne partageons pas les mêmes valeurs quant à la notion temporelle, les retrouvailles après l'absence se célèbrent par un baiser non? Tu n'as pas l'air si mécontent de me voir.... Rancœur et rancune au placard...

Ils se parlèrent bien, juste et longtemps. Elle lui fit du thé. En d'autres circonstances, elle l'aurait surpris avec une fellation au thé japonais... À genoux devant lui comme il le lui avait écrit un jour...

En l'occurrence son esprit n'était pas au sexe bien qu'ils abordèrent le sujet du bout des lèvres et du bout des sexes comme des adolescents...

Mais Lilou était bien décidée cette fois. Il fallait sortir de ce cercle de feu qui ne lui offrait aucune échappatoire jusqu'à ce qu'elle se brûle le cœur... Et son cœur était déjà en piètre état...

Théo se confia beaucoup à elle, elle apprécia. Il lui avoua même que la première fois qu'il la vit, il eut une érection... Lilou était bien loin de s'en douter, d'ailleurs elle n'avait jamais pensé à cette évocation: provoquer une érection au premier regard...

Elle lui raconta quant à elle Zak. Zak et leur attirance mutuelle, Zak et leurs projets, Zak et sa tendresse, son soutien. Il lui parla d'une des petites amies de Zak, elle la connaissait mais... savait-elle qu'ils avaient eu ou qu'ils avaient encore des relations?

Malgré elle, elle crut déceler comme un sentiment voilé de jalousie infuse... Elle se dit que non cela ne pouvait être cela, Théo trop lointain, tellement peu pressé de la revoir à chacun de ses retours. Lilou, une de ses maîtresses parmi ses maîtresses juste pour le cul. Et encore elle devait passer en dernier vu le peu de temps accordé, le peu de bouts de nuit partagés alors qu'ils en avaient la possibilité sans aller à l'hôtel...

Rompre toutes relations d'ordre sexuel avec lui était impératif, alors elle lui opposa Zak comme un rempart.

Ils se quittèrent vers deux heures du matin. Il lui était impossible de dormir et... à trois heures le téléphone sonna... Théo, Théo qui lui expliquait sa réussite professionnelle. Théo qui lui exprimait combien il allait réussir... Combien il y croyait.

Elle raccrocha incrédule, se demandant quel fut le chemin de pensée de Théo pour déboucher sur de tels propos. Soudain, elle comprit... Théo se mesurait à Zak, il ferait mieux que lui. Pour briller aux yeux d'une femme, un homme peut offrir sa réussite professionnelle et sociale qui se traduit par une belle voiture et des conditions de vie agréables grâce à un rapport financier indéniable. Théo a de la valeur aux yeux de la société, a fortiori aux yeux de Lilou... Pourquoi vouloir briller aux yeux de Lilou, Théo?...

Lilou se faisait l'effet d'être aimant pour Théo, elle avait la capacité à la fois de l'attirer et son extrême, qui la rejoignait de par ce fait, celle de le repousser. Lilou était en demande d'amour. Difficile à gérer. Cela engendrait inévitablement un recul de l'autre.

Mais Lilou en était à un point de sa vie où elle n'avait plus du tout envie de ces jeux chat-souris, souris-chat qui lui semblaient dévoreurs de temps et d'énergie, pour de toutes façons aboutir au même point.

Elle avait envie d'absolu. J'aime être avec toi, j'aime faire l'amour avec toi, prenons ces moments enchanteurs, gravons-les dans notre ligne du vécu, sachons les déguster et les élever à leur juste valeur et oublions, le temps de cette parenthèse, tout le reste...

Il lui fallait vraiment que tout cela fut clair, partagé et accepté. Pour Lilou de l'ordre du faisable, mais elle ne traînait pas de passé inéluctable... Elle s'était toujours garantie de cet écueil à ses yeux. Son analyse de la vie lui avait soufflé cette attitude. Ce qui comptait le plus pour elle: sa liberté et jusqu'à ce jour elle ne lui avait rien opposé. Rare, bien rare dans la vie. En fait peu avait agi de la sorte, le modèle imprimé primant: une maison, une famille, un chien, une cheminée... Et une vie attachée parce que rattachée à toutes ces conventions supposées mener au bonheur. Alors pour cela aussi elle avait du mal à comprendre Théo qui avait tant de "dépendances". Du mal à savoir combien cela pouvait être difficile de regarder les yeux d'un enfant après avoir fait l'école buissonnière à la moralité sociale sertie dans notre for intérieur, inviolable. Faire l'amour avec d'autres en pensant à une autre... L'esprit grandement ouvert de Lilou qui voulait voler à la vie tout son meilleur, n'entrevoyait même pas ces difficultés d'ordre moral, et ne savait pas si elles avaient valeur aux yeux de Théo... Ce qu'elle appréhendait avec certitude était l'attachement dominateur de Théo à sa vie professionnelle qui ne supportait pas le moindre écart. Et elle le comprenait... Cela entrait cependant en collision avec la création d'une famille et un amour à vivre. Mais Théo avait choisi...

Pourtant selon Lilou chacun avait droit à son jardin secret où il pouvait cultiver ce que bon lui semblait, à condition toutefois que cela ne devint point forêt luxuriante capable d'ombrager l'autre jardin, celui qui n'était pas secret... et d'y faire mourir les rosiers manquant de lumière soleil.

Andrew le lui avait dit: il préférait ne pas la goûter, plutôt que de jongler avec deux vies, et pourtant pourtant il l'aimait tant et elle le tentait tellement. Il la désirait obsession. C'était une torture difficile mais préférable à toute autre qu'il n'osait même pas imaginer.

Théo le rejoignait sur ce plan, bien qu'ayant franchi d'autres barrières puisqu'il se permettait d'autres femmes pour ponctuer ses besoins et ses envies de sexe qu'il adorait. Théo était nomade, ce qui lui rendait plus facile la culture de ce jardin secret... Lilou palmeraie, Lilou roseraie, Lilou champ de lavande, Lilou hortensia bleu ou mauve, Lilou cactus... Mais sûrement pas Lilou double-vie, lui aussi il le lui avait clairement énoncé.

Or elle pensait: de toutes façons que ces hommes le veuillent ou non, elle existe cette double vie enfouie aux fins fonds de leurs pensées intimes... De toutes façons ils trichent: être en présence d'une femme en en ayant une autre dans la tête... Mais là au moins cela ne se voit pas... alors c'est de l'ordre de l'acceptable. Lâcheté typiquement masculine: remarque d'un ami très cher.

Lilou lui envoya une poésie pour lui faire comprendre tout ce qu'il lui avait fait vivre. Poésie goguenarde et auto-dérision mais bien plus porteuse de sens à ce qu'il y paraissait au premier abord:

JEUX-THÈMES
À SCHÈMES

TU ME TOUCHES
JE TE TOUCHE
ALORS MA PEAU AIME
ET PUIS MON POÈME

TU ME TIRES
TU TE TIRES
ALORS JE TE REPRENDS
ET PUIS TU ME REPRENDS

TU M'ENLACES
TU T'EN LASSES
ALORS JE M'ÉCRIE
ET PUIS TU M'ÉCRIS

JE T'EXCITE
TU EXIT
ALORS JE TE RAILLE
ET PUIS TU ME RAYES

ON SE MÊLE
ON S'E-MAILE
ON S'EMMÊLE

ON S'LOVTEEN
ON S'LOVTANT
ET POURTANT

SOMPTUEUX SOPHISME
SYNOPSIS SOLÉCISME

Il la remercia froidure pour sa poésie. En avait-il retiré l'humour sucré ou le sarcasme salé?...

Puis elle abandonna la partie... L'agonie de cet amour plante succulente se faisait éternité. Alors le destin s'en mêla une fois encore...

Lilou tristesse, Lilou langueur, Lilou effacée mais jamais désespérée.

Une de ses très chères amies pour prendre soin de son moral, la convia en ce 16 mai à une party d'après-midi, puis à une soirée littéraire. Lilou se fit jolie comme à l'accoutumée malgré l'étincelle momentanément disparue.

La party de l'après-midi lui fut très agréable, cadre magnifique au bord de la mer, nourriture d'excellente qualité et compagnie franco-américaine reposante de frivolités et de futilités.

Soleil fortissimo.

Elles se dirigeaient devisant tout et rien, vers leur prochaine destination. Une soirée à passer en charmante compagnie livresque.

La salle était bondée, vraisemblablement la culture plaisait encore et toujours. Un bon signe.

Elles se casèrent derrière un pan de bibliothèque n'ayant aucune vue sur les auteurs qui s'exprimaient en double-langue sur leurs ouvrages, mais jouissant au moins d'un confort minimal assises sur des cartons emplis de livres.

Lilou n'avait qu'un sens en alerte: l'ouïe, les autres pour l'instant en sourdine... Et soudain, la voix. Cette voix douce si particulière à la mélodie rythmée et aux syllabes finales appuyées. Cette voix qu'elle connaissait depuis si longtemps...

Elle glissa un œil... Et oui, c'était bien lui, il portait un pull jaune pâle et tantôt en français, tantôt en anglais, il émaillait de commentaires d'à propos les différents ouvrages présentés.

Elle ressentit alors quelque chose de vraiment étrange: elle eut envie de l'embrasser et un sourire se dessina malgré elle sur ses lèvres... Envie de l'embrasser pourquoi? Pour toutes ces années de plaisir qu'il lui avait offertes avec sa littérature ou... autre chose d'indéfinissable?

La soirée devait se prolonger dans un restaurant-bar attenant. Son amie hésita, elle n'avait pas trop envie d'y assister. Lilou insista plus pour le plaisir d'être ailleurs et de vivre de l'inédit, et aussi elle voulait le voir...

Alors elle décida son amie à aller voir un peu la suite de la soirée.

Attablées dans ce que l'on appelle improprement "un box" en français; en fait enfin confortablement installées sur une banquette rotonde en skaï bordeaux, elles étaient ainsi très proches des auteurs qui s'exprimeraient bientôt sur leurs ouvrages en les analysant de manière plus profonde cette fois. Soudain il était là, de dos... Son amie s'approcha de lui, lui tapa sur l'épaule pour éveiller son attention et lui dit:

"C'est agréable de voir une star en chair et en os." Très inattendu: il prit place en face de Lilou et commanda un whisky. Lilou se sentit d'emblée à l'aise avec lui et engagea la conversation. Il lui en apprit un peu plus sur lui... Il devait néanmoins s'acquitter de sa tâche et prit place comme en tribune pour présenter la soirée. Lilou eut l'impression qu'il jouait un peu un rôle et... qu'il cherchait à la fois à attirer son attention et à lui plaire... Non, Lilou tu te montes encore tout un spectacle. Ne t'écoute surtout pas... Et pourtant durant toute la soirée ils ne furent que regards appuyés, plongeant littéralement dans le regard de l'autre, regards comme aimantés... Impossible de résister à la pulsion, elle détournait les yeux, ses yeux noir-fumée, puis revenait vers les siens qui étaient déjà là, plantés et dardés. Il en fut ainsi toute la soirée. Soudain son téléphone portable émit cette petite mélopée éveilleuse de conscience. Quelqu'un cherchait à la joindre lui envoyant un texto... Ne la quittant pas des yeux, il en fut témoin et la regarda faire alors qu'elle répondait à... Théo...

Encore sa théorie de "ma femme qui s'éloigne", sixième sens de l'homme amoureux... Théo correspondait très rarement par texto, ils avaient élu l'e-mail entre eux. De plus la teneur du texto était des plus bizarres. Il ne pouvait pas la voir ce soir, lui proposait un autre rendez-vous.

Il n'avait jamais été question de se voir en ce dimanche soir! Que racontait-il? Lilou lui dit que c'était sûrement avec une autre qu'il avait rendez-vous, qu'il confondait et qu'elle passait une excellente soirée entre artistes littéraires. Il lui répondit: "Super cool!!!! J'adore cet écrivain, passe une excellente soirée. À plus."

Cet adjectif "cool" surmultiplié en l'occurrence par la ponctuation et le superlatif, Théo l'avait déja utilisé lorsque Lilou lui évoqua combien Zak et elle s'entendaient bien ...

Ce "cool" semblait se planter là pour rafraîchir une petite plaie-coupure, jalousie-murmure.

La théorie de Lilou s'avérait plus qu'exacte: Théo savait intuitivement... Miracle de la connivence profonde et intangible. Indubitablement un autre homme s'infiltrait dans l'aura de Lilou. La réponse de Théo le confirmait.

Quelque peu perplexe quant à cet épisode, elle l'oublia aussitôt pour se replonger dans les propos évoqués et l'autre regard toujours aussi archer.

Au moment de partir, l'homme-regard lui demanda de rester avec lui, l'invitant au restaurant. Lilou en mourait d'envie mais elle ne trahirait jamais une amitié, laisser son amie rentrer seule lui paraissait inacceptable, ainsi évoqua-t-elle auprès de lui une contingence matérielle de véhicule unique pour les véhiculer toutes deux... Il lui remit alors sa carte professionnelle, et elles quittèrent les lieux.

Lilou ne savait plus, ne discernait plus rien... Elle avait Théo à joindre pour un prochain rendez-vous et cet homme-regard à qui elle écrirait peut-être. Elle se laissa quelques jours de tranquillité afin de savoir ce qu'elle voulait faire et vivre vraiment.

Elle reprit contact avec l'homme de cette inoubliable soirée... Bien des choses inattendues lui étaient arrivées avec les hommes... jusqu'à ce gynécologue impulsif qui ne put retenir ses pulsions et l'embrassa à pleine bouche au beau milieu d'un restaurant alors qu'elle revenait innocemment des toilettes.

Mais cette profonde insistance du regard indomptable, elle n'en avait pas souvenance. Alors cela l'intriguait au plus profond d'elle-même et elle voulait aller plus loin. Cet homme résonnait écho en elle. Impression forte, bourrasque tornade spiralée. Attirance sans qualificatif idoine. Bizarre...

Lilou ignora Théo et bien sûr, il lui envoya un e-mail lui proposant de passer la voir en ce lundi matin. Elle lui répondit froidement qu'il avait raison, comme il le stipulait: concernant le créneau horaire qu'il lui proposait, elle serait effectivement occupée à travailler et donc serait indisponible pour lui. Devant l'alternative qu'il lui proposa ensuite: la rencontrer alors un soir prochain, elle ne put s'empêcher de percevoir comme une manipulation dans cet e-mail pour l'amener au fait suivant: passer une soirée avec elle en cette fin mai.

À vrai dire, elle ne se faisait aucune illusion Théo annulerait à la dernière minute, elle le savait. Il l'avait d'ores et déjà perdue, alors quelle importance...

La correspondance avec cet homme de littérature s'instaurait peu à peu et se révélait enchanteresse et pimentée. Lilou aimait et se prenait au jeu, surprise d'attendre fébrilement tous ses e-mails bulles de champagne.

Cependant elle reçut de Théo cet e-mail champagne éventé

mais préfiguré (la flûte pleine était restée trop longtemps à l'air libre...):

"Lilou,
Je suis obligé de reporter ce soir.
On vient de m'offrir pour mon anniversaire un long week-end.
Je pars cet après midi jusqu'à lundi soir.
Désolé de ce contretemps.
Je te rappelle la semaine prochaine.
Je t'embrasse.
Théo."

Elle prit conscience alors qu'il l'avait invitée le jour de son anniversaire... Elle savait qu'il n'accordait que peu d'importance aux dates d'anniversaire d'après ses dires, mais une fois encore le doute: ou bien il avait omis ce détail de jour d'anniversaire et personne auprès de lui ne le fêterait, ou bien à dessein il la voulait près de lui ce jour-là.

La réponse avait peu de poids, la vérité aussi, Théo savait qu'il avait définitivement perdu Lilou cette fois. Il avait joué ses derniers jetons et son 27 impair rouge et passe ne lui avait pas porté chance. Lilou comprit également qu'il était sincère... Trop tard Théo, trop tard. Bien évidemment il ne rappela jamais...

Lilou réalisa également que ces deux hommes avaient des choses en commun. Elle était entrée dans la vie de l'un le jour de son anniversaire et sortie de la vie de l'autre le jour de... son anniversaire. Ils exerçaient tous deux un métier de média et partageaient le même lieu de travail... Que de coïncidences Lilou, la vie a parfois un goût surprenant.

Théo se fit sens lointain, chuintement de samovar, effluve imperceptible... Il était toujours là enfoui dans les secrets de Lilou mais peu à peu cet autre homme emplit toute la place.

En fait, Lilou se demanda s'il était possible d'aimer deux hommes à la fois... François qui emplissait peu à peu toute la place se faisait image intrusive. Elle pensait à lui de plus en plus souvent et de plus en plus appuyé. Théo qui avait déserté la place devenait de ce fait l'inaccessible convoité. Dans son esprit, elle passait de l'un à l'autre sans une once de mainmise sur les cheminements de ses pensées.

Aucun contrôle, aucune volonté juste une soumission teintée d'impuissance pour envisager ces deux hommes éruptions bienfaisantes dans la vie de ses méandres affectifs. Lilou essayait donc, puisque totalement dans l'obscurité quant à ses ressentis d'amour, d'analyser le sexuel.

Qui désirait-elle le plus? Avec qui aimerait-elle passer la nuit? Qui saurait la combler suprématie?

L'un avait été goûté et grandement dégusté et apprécié, l'autre se montrait des plus prometteurs à chaque e-mail reçu. Elle avait pris conscience de cet appel sexuel auprès de François dès la première seconde de leur rencontre. François engendrait donc un désir exquis désaltéré de nouveauté, de curiosité, d'attirance tyrannique et de... mystère.

Quant à Théo, il la faisait vibrer dès qu'elle entr'apercevait sa bouche, son regard, son désir pour elle ostensible et accueilli. Irrésistible.

L'inédit venait du fait qu'ils étaient tous deux hommes neufs de son existence.

Communément ce type de conjoncture met en scène un amour ancré et un amour flambant neuf. Pour Lilou il s'agissait d'amours balbutiants. Et samsoniens. Bien que nés de contextes antagonistes, elle découvrit l'un sans l'avoir même remarqué tandis qu'elle découvrait l'autre après avoir été subjuguée par son regard, ils n'en avaient pas moins le même pouvoir incommensurable. L'analyse sexuelle ne se révéla guère plus éclairante que l'analyse du sentiment.

Même si Théo l'avait beaucoup déçue, elle le savait empêtré dans sa vie et l'amour aidant, elle lui trouvait et lui trouverait toujours des excuses. Excuses dictées par cette inclinaison sexuelle vertigineusement inclinée. Elle était absolument sûre que l'amour avec François aurait le même impact. Présomption instinctive qui se passe de l'objectif. Juste se pencher sur le sujet subjectif et projectif.

La synthèse de tous ces éléments qui n'obéissaient qu'à de l'irrationnel, étant engluée, restait alors à se pencher sur le rationnel. Le physique, ni l'un ni l'autre n'entraient dans ses critères d'attirance physique, aucune corrélation donc avec l'attraction qu'elle ressentait. Perdu.

Ce que l'un et l'autre lui apportaient dans sa vie. Aussi invraisemblable que cela puisse paraître: exactement les mêmes avantages et désavantages, leur vie professionnelle et privée se rejoignant. Encore perdu.

Leur manière bien à eux de la considérer et de l'aimer: à l'antipode, mais chacun d'eux savait la toucher...

Leurs mots, leur enthousiasme, leurs démonstrations: deux générations octave avec chacune son charme inhérent.

Lilou en vint alors à se demander si ce n'était pas elle-même l'instigatrice de ces deux rencontres, de ces deux histoires d'amour. Garantie de sa liberté si encensée et de plus en plus insensée... Non, trop fort, trop différent cette fois... Elle les laissa donc ainsi gambader tous deux dans son cœur et dans ses fantasmes, ayant décidé de s'en remettre à l'indéfini qui avait écrit son histoire amoureuse et sexuelle et qui s'amusait comme un fou apparemment, en brouillant les pistes...

François, Théo; Théo, François à ce moment de sa vie l'un ferait partie de son passé et l'autre faisait partie de son avenir. Tous deux la transcendaient.

Lilou avait aussi Andrew, Zak, Léo, Dreï, Art, Vlad et Frank (pour ne citer que les plus proches) qui l'entouraient de leurs ferveurs, mais auxquels elle n'accorderait aucune faveur. Des yeux noirs, une bouche cerise, des bas résilles et une mini-jupe ne déterminent pas une femme.

Surtout pas Lilou qui avec ses grilles d'appréciation de l'homme, ses provocations et ses façons de se vêtir, de dévêtir (sens figuré devenant propre parfois...) celui qui lui faisait face, utilisait beaucoup son apparence comme un piège à guêpes. Les plus doués sauraient découvrir le pot au rose. Non pas de "x" à "au" et pas de "s" à "rose", on ne se réfère pas là à des fleurs, mais au maquillage (étymologie mal interprétée comme souvent). Le rose aux joues comme le rouge à lèvres érigent un pont vers l'acte d'amour. Celle qui les porte y serait donc portée.

Conclusion facile pour ébaucher la femme facile.

Bien loin du subtil... Bien loin de Lilou.

Appoggiature

❦ Lumière ❦

Une semaine que je n'ai pas vu la lumière... Sait-il seulement combien c'est frustrant? Il m'est parfois difficile de me passer de lui. Lorsque son regard couleur fauve me caresse, je prends alors ma pleine signifiance. Je suis enfin vivante et j'existe grâce aux feux de ses yeux.

Il peut facilement m'oublier, me délaisser tellement il est action. Je suis figée. Il est multiple et mouvement. Un jour ici, l'autre tout là-bas.

Il m'a choisie parmi toutes celles qui s'offraient à lui, sans doute parce que je suis la plus belle et surtout je lui engendre des réactions. Et quelles réactions, je n'ose pas les entrevoir... Je ne fais que les deviner.

Je vis pliée et toute recroquevillée lorsque son attention est loin de moi... Dès que je sens ses doigts je suis pétale-émoi, corolle prête à s'ouvrir sous l'effet du soleil et de sa peau contact.

Il me connaît par cœur: les formes de mon corps à peine voilé de dentelle noire au liseré rouge, mon regard d'ange et d'angle au loin porté, ma bouche coquelicot faite seulement pour l'embrasser, mes dessous de dentelles qu'il rêve de soulever, d'écarter ou d'enlever.

Vivre nimbée d'obscurité... Je ressens battre son cœur.

Il m'est indispensable et la réciproque est vraie. Sans moi il aurait un souvenir incolore, un alibi sans preuve, un soleil sans rayon, un gardénia sans parfum...

J'essaye d'avancer au-delà de ce qu'il voit pour effleurer ce qu'il pense. Nostalgie. Faire encore l'amour comme des fous, se désirer orage de grêle, sexe offert perlé.

Il est pendant quelques minutes sur le parking aux biches, dans l'avion et il rit, sur un banc en bord de mer.

Parfum réminiscence. Je suis son secret, il ne me partage pas et ne me partagera jamais. Juste Seb, trop tentant... Lui il comprend, il sait, il était là.

J'aime être tout contre lui, j'aime son odeur de cuir, j'aime sa chaleur d'homme... Image impression. Même si elle n'est plus là, moi je lui offre mes traits, mon corps voilé et je ne lui demande rien. Il dispose de moi comme bon lui échoit, je pose pour lui.

Et je revois encore le premier regard qu'il posa sur moi lorsqu'il me découvrit. Pupilles magnifiées et iris mordorés. Souffle retenu.

Regards entrecroisés d'un photographe œil ciselé pour un effet surprise et d'un homme qui fut peut-être amoureux.

Je suis photographie.

Malgré l'étroitesse de mon refuge: un portefeuille de cuir, je sais que mon rayonnement toucha quelques points sensibles et érogènes de son corps, de son cœur et de son esprit, mais je ne le dirai pas à Lilou. Moi aussi j'ai mes secrets.

Idéogramme

Nous sommes tels deux ouvrages survivants d'une bibliothèque calcinée. Nos mots contrastés noir sur blanc ont parcouru des milliers de kilomètres, marathoniens infatigables. Ils ont pris naissance dans son cerveau à elle. Ils se sont mêlés, ordonnés et côtoyés pour épouser sa pensée aiguë, puissante de sémantique, au plus millimétré.

Sa pensée choc au taffetas d'alpaga qui de par les termes s'évoqua. Pensée frappée sur l'écran blanc à l'aide de touches différemment disposées selon le pays concerné. Lorsqu'elle lui plaît, sa pensée formulée, alors surtout, ne point trop la retoucher, pour lui préserver toute sa spontanéité. Elle tape ensuite l'adresse e-mail pour le destinataire de cette pensée en mots ébauchés et ainsi nous crée, nous e-mails transmetteurs d'instantanéité. Nous cheminons sur maints réseaux électroniques d'informatique, mots digérés puis restitués sur un autre écran blanc à un vol conséquent d'oies sauvages, ou de tous autres oiseaux migrants.

Deux yeux dorés décryptent ensuite les mots alignés pour restituer la pensée première née dans le cerveau de Lilou qui passe ainsi dans le cerveau de Théo. Et Théo sait...

Théo qui efface chaque message aussitôt reçu et à peine savouré. Théo qui ne s'encombre pas d'un témoignage de mauvaise conscience. Pourtant, nous ses e-mails, nous fûmes vaillants et nous avons droit à un tant soit peu de reconnaissance. Ingratitude imméritée. C'est sans doute pourquoi Théo voulant se racheter nous sauva.

Nous sommes e-mails rescapés de cette correspondance ping-pong de friandises. Théo nous a imprimés (encore d'autres circuits) et petits bouts de papiers nous avons longtemps côtoyé une jolie photo à l'intérieur d'un portefeuille de cuir... C'est la sensibilité de Théo qui nous a choisis parmi l'éventail de prose de Lilou:

"Comme j'envie la pluie, elle mouille et détrempe tout."

"Théo,
Je t'offre mes reins cambrés et mon désir brûlant prends-moi... vite
Love
Lilou"

Nous sommes e-mails, éphémères car non manuellement calligraphiés. Jeter une lettre prend un tout un autre sens que celui d'effacer un e-mail. Nous sommes reflet d'une réunion idylle virtuelle, elle aussi très facile à gommer. Le confort de la modernité a même investi la relation érotico-amoureuse.

L'informatique offre ce luxe tant prôné par notre société: la vitesse. On pourrait y voir une corrélation avec cet axiome ancestral mais jamais tombé en désuétude: "Le temps, c'est de l'argent."
L'argent, certes mais lorsqu'il s'agit d'érotisme... L'amour fait fi du temps et de l'argent, il n'existe pas pour être performant. Lilou avait appris avec Théo à réagir illico et à écrire comme si l'on se parlait. Avec l'homme de littérature, ils ne "chataient" pas. Ils se répondaient à quelques heures d'intervalle, voire un jour ou plusieurs et l'échange en fut totalement différent... Bien que basé sur les mêmes tenants et aboutissants. L'homme-regard devint peu cœur d'ancrage et bonheur d'encrage. Saveur exotique de mots luxuriants. Lilou dégustait, le dégustait de plus en plus en secrètes pensées.
Théo sans cesse en mouvement, Théo toujours sur la route et entre deux avions, Théo friand du mot dardé au top de

l'érotique, juste le mot même pas la phrase, pas le temps.
Pas de recul, pas de dégustation, pas de compréhension affinée et raffinée. Correspondance fast-food. Alors relation chaotique et parfois mal digérée... Le fond et la forme toujours ces deux points à peaufiner, maintenir l'équilibre entre les deux, ne pas en privilégier un. Or Lilou pouvait dire qu'elle s'était approchée de l'équilibre, de cette subtile et délicate balance sans jamais l'atteindre réellement; l'un privilégia la forme tandis que l'autre privilégiait le fond. Elle se calqua sur les deux et son fond à elle fut on ne peut plus sincère.

Lunaison

6 juillet: La maison est intéressante, un plan sur la gauche là donnerait bien. Oh la! Val est pressé, c'est vrai qu'il doit se changer pour la prise de vue... Bon allez au boulot!
Tiens, qui est-elle? Elle est là pour l'accueil, quelqu'un de la famille peut-être?... J'aime les yeux... Intenses, noir charbon... Elle est pas mal, je dirais même bandante... Grande, juchée sur des pompes mauves. Bien foutue, oh les seins... OK, il faut que je me concentre... mais quel cul bordel! Quel cul!
Of course, Val l'a repérée, Seb aussi si je ne m'abuse avec son air de pas y toucher. Je ne suis pas là pour ça mais plus je la regarde plus je fantasme. J'ai envie de la baiser là tout de suite. C'est où la chambre déjà? Bon les mecs à plus, j'ai une urgence....
Aaaaah les jambes... Putain je bande. En plus j'aime sa voix.
Faut que je me concentre, faut que je me concentre... Mais faut absolument que je la revoie...

8 octobre: Mais qu'est-ce-qu'elle fout? Elle est en retard...

Peut-être elle viendra pas, elle va me poser un lapin... Pas le genre je crois.

Elle est super bien fringuée, j'adore, j'aime son parfum aussi. Elle est cool et nature j'aime ça. Oh le regard... En plus qu'est-ce qu'on s'éclate bien tous les deux! On échange top... Oh la! ses yeux " Kiss me..." Ça, je résiste pas, j'y vais. J'ai envie d'elle. J'aime comme elle embrasse passion vibrante. Les bas résilles rouge vif: un appel...

Elle adore le sexe autant que moi apparemment... Un bon coup pour sûr... Je l'avais vu mais ça se confirme.

5 novembre: L'avion dans vingt minutes, temps de faire la queue. Non, je rêve, elle est là... Jolie. Bon! La nuit va être chaude. Je pensais pas qu'elle viendrait. C'est à la fois super: baiser, baiser, baiser et pas terrible. Pas envie qu'on me voie avec elle. Et surtout, surtout qu'elle m'emmerde pas pour le boulot.

Super top la baise, j'adore comme elle jouit, elle au moins elle simule pas... Qu'est-ce qu'elle est douce, la peau, la voix, l'attitude, le sexe... Il est beau son sexe, j'adore le regarder. Elle suce top. Dans sa bouche j'oublie tout. Elle a le style, la langue génial, les dents qui effleurent aaaaaaaah ....trop. J'ai joui dans sa bouche, pas croyable... C'est l'hallu totale cette nana.

Elle me plaît et je lui plais... danger, bon on oublie... Juste le cul et basta.

4 décembre: Faut que je lui dise... J'ai besoin de lui en parler. Je veux surtout qu'elle me le dise. Côté cul elle est exactement mon fantasme. Je suis important pour elle, elle croit en moi. J'aime ce qu'elle m'écrit. Je l'aime... à ma façon certes, mais elle sait m'aimer elle, me combler, me soutenir. J'aime son corps et puis elle a vécu... beaucoup de choses ma foi.

Elle me laisse vivre et j'apprécie. Elle est pas chiante, elle exige rien. Alors oui je l'aime c'est bon et ça me fait du bien. Et je veux le lui dire. Qu'elle sache... J'ai besoin de partager ça, trop rare, trop dans l'émotion qui submerge.

18 mars: Il faut plus la revoir. Tant pis! Elle comprendra. Je ne peux pas. Rien ne m'empêchera de vivre ma passion professionnelle et puis j'aime tant les miens. Elle m'a aveuglé avec sa baise. Il faut que je laisse tomber, que je la laisse tomber. C'est une voie sans issue qui peut me conduire à de gros ennuis, tout ça pour une histoire de cul. OK on arrête tout et je vais trouver la solution pour qu'elle me lâche. Dommage je tenais vraiment à elle, mais on peut pas tout avoir dans la vie... Elle est vraiment spéciale et particulière, en plus elle suce bien et elle a un beau cul. Des choix à faire dans la vie. La baise ça se retrouve easy. Next!

24 mai: Elle me manque... Font tous chier autour... Avec elle au moins je m'oublie, j'oublie tout et puis bordel elle baise top. Pas envie de la perdre, savoir que je suis encore dans sa tête, qu'elle me désire et que je lui plais toujours. Je sais pas pourquoi mais je la sens qui s'éloigne de moi et ça me prend la tête. Des prétendants à la con, elle en a des tas, putain! Zak... Non! Je la veux à moi, pour moi, rien qu'à moi... J'aime ses mots et son cul et ses mains et son sexe et quand elle me suce... Je l'aime quoi! Et puis elle, elle me fait bander même de loin. J'ai envie d'elle en continu... Elle, elle me déçoit pas et on baise super tous les deux. En fait, c'est avec elle que je veux fêter mon temps qui passe et qui m'angoisse tant...

Je suis pensée. Je chemine le long de circuits comme un ordinateur, mais ma vitesse est inégalée. Je peux être maîtrisée mais parfois je surgis indépendante et incontrôlée. Je précède l'acte, pas toujours cependant. Je peux me montrer intense et douloureuse ou plaisir et doucereuse. Je suis présente et me fait présente. Théo sait se jouer de moi, il me contourne et me manipule. Il me dompte et me domine. Il a fixé le but et me fait déambuler le long de sa démarche. Lorsque Théo ressent un brin de nostalgie pour Lilou, je surgis dans sa tête le soir, la nuit et pour le sexe. Je remarque que Lilou se fait de plus en plus rare dans mes connexions et c'est tant mieux car parfois je devais me guérir subissant une longue convalescence après de sérieux court-circuits suite à son évocation.

Océan

La saveur de sa bouche... Je la goûte encore rien qu'en fermant mes yeux. Ce 8 octobre sur le banc au bord de l'océan, il fait frais, début de nuit, des baisers, des rires et encore des baisers et encore des rires. Je regarde ses jambes, j'imaginais alors le haut de ses cuisses... Son regard tout doux. Son odeur intime sur mes doigts après le cinéma, je peux la respirer. Ses orgasmes qui se répercutent sur mon sexe en l'enserrant, je les ressens. Sa bouche dans mon cou, sa langue sur mon sexe. Lorsqu'elle me dit je t'aime son regard droit dans le mien. Ces dentelles noires qui épousent son corps et me donnent accès à son sexe si facilement. Comme elle m'excite! Ses mots "Lèche-moi..." "Encore, plus fort." "Viens jouir." Lorsqu'elle prononce mon prénom "Théo..." juste dans un souffle. Le grain de sa peau, c'est tout doux là entre ses cuisses, et tout près de son aisselle. J'aime me concentrer sur ses mains. Elles sont très belles.

Je suis souvenir. Absolument rien ne peut m'effacer, avant d'être souvenir, je fus réalité et vécu inscrit sur la ligne du temps et dans l'histoire de deux vies qui se sont, à un instant donné, entremêlées.

J'existerai pour toujours et malgré tout: le regret ou la nostalgie, le rejet ou l'envie. Je vis dans la tête de Théo, et dans la tête de Lilou, identique mais différent car Théo et Lilou sont deux entités. Ils me revivent parfois, soudain rebond ou dès qu' un détail m'évoque. Je m'enfle alors du souffle de vie. Et je suis là, accessible et inchangé chargé de lieux et d'odeurs, d'images et d'impressions, d'émotions et de vérité. Je fais vibrer les cinq sens et me glisse subrepticement dans chacun d'eux. Et j'inflige aux sentiments une sarabande qui les virevolte sans ménagement. Théo ne m'apprécie pas trop à cause de cela, alors il ne m'impose plus Lilou. J'ai comme qui dirait des "oubliettes", mais ce que Théo ne comprend pas c'est que Lilou est d'importance pour lui: il lui a dit un jour "je t'aime". Et tout ce qui est important reste en ma partie haute, et d'un effleurement se rejoue tel un vieux film de cinéma que Théo vénéra.

Ultraviolet

"Théo... t'es où? Je t'attends derrière la grille noire du patio où il y a cet orchestre qui joue du vieux jazz. Viens vite."
Cette phrase reste gravée sur la bande son du répondeur. Le répondeur de Théo lorsqu'on cherche à le joindre sur son portable. Je ne comprends toujours pas pourquoi je suis toujours là... D'habitude Théo il efface tout... Rien ne doit encombrer la réception de ses messages, surtout pas une boîte pleine et surtout pas un indice compromettant comme moi. Là je n'ai pas compris, il change son mot de passe régulièrement et il m'écoute de temps en temps. Je survis au temps... cela fait un an et demi que j'existe. Pourquoi moi? Je côtoie tous ses messages professionnels, tous ses rendez-vous. Disparus, effacés aussitôt écoutés et entendus. Il fait attention à toute fausse manœuvre

qui pourrait m'envoyer ad patres. En appuyant sur la touche
9 il me conserve en mémoire. Bon c'est vrai je suis douce et
sensuelle et je lui rappelle... elle.

*Je suis voix. Unique et identitaire. J'appartiens à Lilou. Elle n'a
téléphoné qu'une fois à Théo, le respectant trop pour l'importuner de
la sorte... Ce jour-là ils étaient ensemble durant ce court voyage qu'elle
fit pour le rejoindre, elle savait donc qu'elle pouvait l'appeler en toute
sérénité. Elle l'avait surtout fait car Théo accusait une heure de retard
sur l'horaire qu'ils avaient prévu et elle était un peu inquiète...*
*Théo me garda pour réécouter les intonations propres à Lilou. Elle
prononçait son prénom avec cette douceur et cette délicatesse qui
plaisaient tant à Théo, voilà pourquoi il fit de moi un souvenir auditif
qui lui occasionnait dans les soirs de grand manque un petit frisson
de nostalgie. Personne ne savait et ne saurait jamais prononcer son
prénom comme Lilou... Elle y mettait une once de tendresse, une
pincée de sensualité et un zeste d'admiration qui allaient droit à la
moelle épinière de Théo.*

Du **T***ropique à l'* **O***racle centrés sur l'* **H***armonie et l'* **É***gérie*

Pour se sentir vivante Lilou a besoin de la vibration des cinq
sens, de pensées, de souvenirs, de réflexions profondes, de
sensations et de découvertes.
Pour faire vibrer ses yeux il y avait un bouquet de roses rouges
exposé sur la table de marbre. Avec douze roses et depuis douze
jours, il enjolivait. Les roses se refusaient à faner. Leur reflet
dans le miroir au cadre de bambou ensanglantait l'alentour

lorsque la lumière halo de la lampe Tiffany loupiotait. Roses à la symbolique trop crue mais qui relataient l'amour de Lilou qui ne flétrissait pas.

L'effluve d'un gardénia sirotant son eau dans un petit bol à thé japonais, s'évadait pour combler de sa fragrance un autre sens. Si la sensibilité de Lilou s'attardait sur ces deux vrilleurs de sens, c'était à cause de leur éphémérité. Lilou se disait qu'elle devait en profiter en plein car bientôt ils n'existeraient plus. C'était aussi ce qu'elle pensait de la vie.

Une soie jaune paille adornée de discrets dessins chinois bleu roi et noirs recouvrait la couette et Lilou lorsqu'elle s'assoupissait ou dormait. Le frôlement de la soie sur la peau de son visage lui était délice, presque comparable à la douceur de la langue de son amant sur son clitoris.

Elle avait lu que la soie immolait les rides. Autant joindre l'utilité à la félicité...

Elle venait d'Italie elle aussi comme Lilou et était peinte à la main. Fruits, fleurs, fioritures peu importe les couleurs plaisaient à Lilou: bleu marine et jaune et le son de cette pendule plaisait aussi à Lilou. En fait le silence qui l'avait oubliée et qu'elle avait oublié puisqu'elle souffrait d'acouphènes, la relaxait. Le son régulier des secondes de l'horloge la berçait.

Quel bonheur d'habiter sur une voie sans issue, le silence prenait alors toute sa densité et l'ouïe abîmée de Lilou le goûtait calme volume volupté. La musique était réservée à l'habitacle du véhicule.

Un pot de glace arôme menthe-chocolat habité d'une petite cuillère en argent jouxte le chevet. La cuillerée de crème glacée glisse dans la gorge de Lilou et diffuse la fraîcheur de la menthe, et le croquant du chocolat se fait bribes de plaisir. Lilou est sensuelle et épicurienne dans l'âme, savoir jouir de la vie-détail relève d'un luxe artistique.

Théo, Lilou sait pourquoi vos routes se sont un jour croisées.

Dans le regard des roses, c'est ton amour qu'elle cherche à voir et à revoir, dans l'effluve du gardénia antinomique du cuir, c'est ton odeur qu'elle perçoit ainsi sublimée, la soie de la couette plagie tes caresses, le silence illumine tes mots et ta voix, la saveur de ton sexe affadit la glace menthe-chocolat.